最美的时光留下的最美的文字

杨征 著

中国书店

最美的时光

留下的

最美的文字

目录

序一

值得礼祭的青春

魏胜利（中央人民广播电台高级编辑）

已经很久没有这样的体验：静心阅读一位年轻逝者的日记，并且为上面的文字所深深地打动。这是一位名叫杨征的少年从高一到大三写在QQ空间上的文字，上面记录的是他的所思所想、所爱所恨。优美自然的文字和真挚浓烈的情感，让我不断回忆自己的青春，对比两代人情感和表达的异同。

杨征的日志始于2010年8月10日，那是高一的暑假。当时这位16岁的少年想和过去的生活划一道“华丽的分割线”；他说，不论曾经有过怎样的被伤害，“无论多么恨”，他都要重新开始，“想要过坦荡的生活”，并且希望在QQ空间上让所有的人见证他的誓言。

相比我们中学时代的封闭，无所不在的互联网让年轻人有了随意涂抹、直抒胸臆的空间。正值青春年少，杨征情感丰富且思维活跃，最疯狂的是他经常在深夜甚至凌晨更新日志。网络日志让杨征一吐为快，情感得以宣泄，“借助思念，释放多余的能量”。在这个网络时代，杨征的日志也打下了网络文学的烙印。

比如2011年6月3日的日志《我虽千年能变化》中引用网络小说的金句“我虽千年能变化，却无一日把君欺”，以此表达他对女孩子的爱恋。——而作为杨征他们上一代的我们，所有私密的情感与情绪只能悄悄写在日记本上，然后锁在抽屉里，没有回应，静静发酵。

杨征的文字中，篇幅最多的是情诗，写得最好的也是情诗。在整个高中阶段，他似乎都为情所困。人间最苦单相思，《诗经》开篇《关雎》所说“求之不得，寤寐思服”，正是少年杨征的写照。

这些表达爱的句子值得细细品味。

“卿，我这样的人呐，
爱一个人很慢，不爱一个人也很慢。
这淡淡的绵长而不甘的气息破土而出。
又细微，又坚定。
这心态如何衍生而出，我并不知晓。
可这情绪，一夜成型，巨细无遗。”

杨征是一个懂得节制的人，当这种思恋影响到他心绪的时候，他把这种思恋深深地埋在心底，努力让自己平静下来，不让人为他担心。“慢慢地习惯，并喜欢上了这样平静的生活。自上次的事情，我已经七十三天没有让别人为我担心。”并且，爱情也潜移默化地影响着他，让他以更好的姿态面对生活：“你知道，我一直在努力去改变。那么先从戒烟开始，先从你不愿意我做的开始。”

两年以后，在高中毕业时，杨征知道要给这段情感画一个句号：“在日后也许会清晰地认识到，这样的痴迷、癫狂、恍惚、悲恸、厌倦，只是青春期的一场热病。”

大学以后，杨征日志的更新频率明显放缓，内容与文风也明显变化，他走出了郁郁寡欢，开始更多地展现与“狐朋狗友”的友情，提及他们的胡吃海塞、嬉笑怒骂：“我说过了我要换个路线走，我不要文艺、不要阴暗、不要狼狈、不要蝴蝶，话说一个大老爷们的头上蝴蝶翩翩飞舞，让人看了就觉得挺傻。”中学到大学的跨越，让杨征由细腻转而粗犷，由内向转而外放，由忧郁转而热情。尽管此时他依然偶尔思念她，但是已经可以坦然面对：

“快五月了，忽然就格外地想她。

我知道，我早就知道的，我知道再怎么想都是徒劳。

徒劳就徒劳吧。

我呼吸不是为了找感慨，我灌溉不是为了看花开。”

大三，杨征开始在医院实习了，他的日志更新得更少了，他会提到母亲，提到家中可爱的狗狗，也会提及医患关系。他开始更广泛地阅读和更深入地思考。在最后一篇日志中，杨征说，他要放弃自己原有的、片面的道家“无为”的生活态度，而要以一种更积极的姿态面对未来:“与人争才得安身，与天争方能立命。”争强好胜，是年轻人应该具有的状态，当我期待看到他更多日志的时候，很遗憾，他的日志停止更新了。

后来，杨征大学毕业进入医院，成为一名放射科医生，就在他扬帆起航、开启人生新旅程的时候，一场车祸夺走了他的生命和他不可限量的未来。

英年早逝，一番感慨叹息。于我而言，睹文思人，为才华初显的杨征深感惋惜。其家人将杨征四年多的文字结集成册，是一种寄托与怀念。看杨征的文字，会看到我们每一个人年轻时的影子，因为我们都有过相似的经历。

愿杨征的灵魂在天堂安宁幸福，愿他文字中提及的每个人在现实生活中都平安幸福。

序二

也许那是一个诗意而纯净的世界，让人欢喜

王鲁彬（中央电视台记者、青年作家）

“有没有，爱上这场雪呢？我爱任何一场雪，可我又不希望它们落下，因为不忍它们任人踩踏，那还不如不下的好，我心疼它们。”

亲爱的“雪”，因为没见过你，也不知道你的名字，所以透过你的文字，请允许我给你起了一个小小的绰号“雪”，因为那是在你的文字里最常出现的一个字眼，也是我对你最深的感觉——虽然感觉有些清冷，但是却那样纯净。特别是看到开头的那句话，让我更加觉得你就像你文字中的雪一样，美好得让人心疼，所以真的不希望你落下，舍不得你。

写到这里，眼泪就落了下来，因为真的不想看到那样一个年轻、美好、诗意的生命就这样戛然而止。但是转瞬间我就为你感到高兴，打心底的欢喜，也许是因为你现在所在的世界，是一个充满诗意而纯净的世界，一个你爱的世界，一个更爱你的世界。

最近我刚刚看了一部电影《僵尸新娘》，本来以为只是一个奇幻的动画电影，但是却在里面看到了有关人性的反思。在电影

里，人间的人都是那样功利、伪善、贪婪，所以人间的段落用的都是灰暗的色调，而在所谓“阴间”里的人都是那样真诚、脆弱、善良，所以其色调是灿烂的彩色。

看起来多么讽刺，可又是那么真实。

这世界虽然有很多美好的，但是也有很多丑恶的。而你太过纯净，你无法承受那些复杂的、丑恶的，所以你不由得被命运安排选择了离开，去了那个真正美好纯净的世界，就像你说的，“其实，我是爱这个世界的，这世界何尝不是美得惊心动魄，美到肝肠寸断，若是能简单些，更在意我一些，我的先天的阴暗，或许我也能遏制，若是真的洗尽铅华，大抵你会以我为荣，也说不定，笑，对不对呢？”

在你清冷而忧伤的文字背后，其实隐藏着一颗追逐美好的心，你也想洗去那些阴暗，所以我更愿意相信你是追逐美好去了，也许纯净的你本就属于那个绚丽多彩的世界，而不是这个复杂的人世间。

也许所有的文字，都冥冥之中有预兆，就像林清玄留下的最后一句“在穿过林间的时候，我觉得麻雀的死亡给我一些启示，我们虽然在尘网中生活，但永远不要失去想飞的心，不要忘记飞翔的姿势”；就像我曾经很好的朋友在朋友圈里留的最后一首歌是《别哭我最爱的人》，歌里面唱着“别哭我最爱的人，今夜我如昙花绽放，在最美的一刹那凋落，你的泪也挽不回地枯萎……”。而你说“多想看到一场无比纯净的大雪，能让我躺在雪地里，然后一点点地掩埋我”。

也许你们的离去都是值得高兴和欢喜的，因为你们都曾在这世界留下过那样诗意的生活和文字，你们曾经那样真实地活过，也许你们会相聚在那个诗意、美好和纯净的世界里，彼此告慰、相互温暖。

想到这里，突然就不落泪了，而是感到欢喜，就像你说的，此刻，我以你为荣，笑，是对的。

序三

玫瑰少年与“私人物件”

宋学鹏（《法治周末》总编助理）

杨征，他短暂一生在情上的发力最深，也是在情中，他知世知人，看见了自己也预见了未来，在情中他找到了最深刻的自我，乃至人性中某些盛大或清寂的东西。

当然，杨征所留下的文字没有那么鲜明的自觉或主张，因为这些文字本身是他的网络日志，在写作上没有过多的讲究，很多东西淹没在他随意、芜杂的叙述中。在他留下的这些5万多文字中，最能代表杨征写作水准的是他写给卿的信（日志），暂且就叫《与卿书》吧。

《与卿书》这组“爱情狂想曲”，是杨征在爱情中的自我心性之书。依时间来看，这场爱情和写作是在杨征十七八岁的时候。此时的杨征有一颗诗人般敏感的心思，而且他对一些事物的直觉能力也是优秀的。

在杨征十七八岁的书写中，不乏才情闪亮之处。我们不知道在杨征的现实生活中，是否有一个叫卿的女孩，还是杨征有意取了“卿”这个名字作为自己倾诉的对象，但这已经不重要，重要的是“卿”这个意象，表现出他对真实与虚幻、生与死等问题的思考和把握能力。如同他的自语：我们盲目度过的春秋不计其数，你认识的是一个充满幻象的女人。真假莫辨。

《与卿书》是杨征的情书，但不止于为情之书，而是在情中，杨征完整地展现了他十七八岁时的思考水准和语言能力，甚至在某些方面是超越年龄的。

在《与卿书》中，杨征对于死亡有超出他年龄的感知能力：“我梦见，黄泉，比良坂。亡者的眼，竟宛如一盏盏长明灯，照亮最后的归途。”

这些死亡意象和对死亡之境的想象，是个体的也是属于文学的。更进一步，杨征的语言里还包含了佛家万劫不复的生死观念：“笼罩着磷火的灵魂一次次灰飞烟灭，又一次次重生，如此般的反复，伴随着刺耳的痛苦哀号。”

我们无法知道一个少年对死亡如此清晰的梦境来自哪里，但这些文字所传达出的人类对于死亡的集体记忆是共通的，他进一步将命运上升到悲剧：“我们既非生者也非亡者”“我们是存在也是诅咒”。

当然，杨征并非总是如此灰暗，对于死亡，他还写出了真正诗歌的境界。“双手交叉放在胸前。就像正在赶赴盛大的死亡。”生时盛大的死亡，这是属于诗人的才情。正因为此，“原来，这世界是这么美。也许只需要记得那些美好的纯粹的事物。

也许每个人的心里都有一片天堂，卿，也许你不会懂，我心里已经不再是空的。一曲荡鸣只博伊笑，我自始至终都是这么想的。昙花一现，却也最为美丽”。

杨征像他们那个年龄段的年轻人一样充满了叛逆，但他的叛逆有金属般的品质，从他那些富有 rap 节奏的语言中，他的叛逆带着独立和反思精神，这在年轻人身上是难能可贵的。

在血液张扬的地方，杨征是一个完整的诗人:“我喜欢色彩黑暗的音乐，喜欢无序和浓烈的色彩，喜欢青丝成白发的疏离感。”他对于蝴蝶的感觉:“是何等强大的想念引渡你到达几千公里外的地方，去参拜自己的躯壳。每一只蝴蝶是每一朵花的鬼魂，来寻访自己的前世。”他对于爱情的献词:“每一只在身边飞过的蝴蝶，我尚且知道爱惜它，每一次带着若有若无情绪的举杯，我都舍不得忘怀，更何况是这一张张活生生的脸孔，我又如何在回忆中抹去它们。”

杨征的内心是热烈的，但他也是克制的、反思的，甚至是超脱的。“我要的东西很少”，最后到了他所用力的爱情，他也能看得清楚:“她是我很小很小的一个梦，是一个撕心裂肺的、魂魄四散的那种梦。不管怎样，欢喜和悲伤，都是淡淡的那一柱印度香，却不是濒死前要抓的稻草，而是病入膏肓后的天真的吗啡，是无明无灭无因无果的一阵风，一个微笑的手势，帮助我理解命运的无常。而我觉得幸运。”

《与卿书》写了两个永恒的主题：爱情与死亡。这一点杨征是自觉的，他有一段描述："落叶的季节，是谁把从前掀起了。多想多想追寻你的身影。我还记得你说，总有一天，我会有一个爱得一发不可收拾的人。可，这个人明明就是你呢。你说很久以前，我们就不再是无话不谈了，真的，如此了吗？苦海无边，回头是岸，可是，我没有岸。若你死，我何苦生？"

可以说，这是杨征文字中不自觉的自觉，语言的能力在他身上有天然的成分。只可惜，这位已经开始自己职业生涯的年轻人还没有充分展开，还没有在充分自觉中发挥自己的才情就消逝了。

一切都停止在了23岁。玫瑰少年，他的那些闪光的文字，芜杂地掩埋在"小我之情"中，还没有流向大江大河，它们更像是一个"私人物件"，静静地躺在一个年轻人的虚拟空间。

用杨征的一句诗作结吧："我想要一场体面的告别。因为只有永生之人才不会注重仪式，可是我是一个注重仪式的人。"

Letter

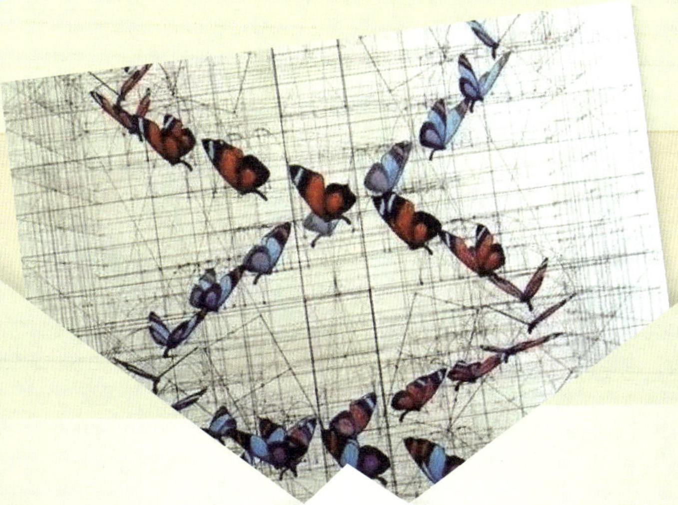

信

捉一只蝴蝶吧，用清水沾染它的翅膀，看着它拼了命地挣扎，为了活下去。

2017 年 3 月 26 日（星期天）凌晨 2:42

致亲爱的 ××× 小同学：

见字如晤。

情感是通过以太传播的吗？它位于在光明和黑暗的平衡点，让内心的这个世界开始微微地动荡。

你会是我的一个梦吗？

是那种很小很小的，但是足够撕心裂肺、魂魄四散的那种梦。

像淡淡的一柱印度香，那种无明无灭无因无果的一阵风。

所以到底是濒死前抓住的稻草，还是病入膏肓时天真的吗啡？

到底是莫须有的爱，还是万般相濡以沫的柔情？

忽然也是不明就里。

大概是一个微笑的手势，在帮我理解命运的无常。

总算我不再做我那春秋大梦。

而我觉得幸运。

我想念你呀，是真的想念，不会作假骗人，是真的想念了。

风起于青萍之末，我从来没有像现在这样怀疑过自己的初衷。

忽然觉得我的体内有什么东西开始生长，就像季夏三月的腐草化萤。

该感谢你的，总算我对世事无常开始有了些期待，开始变得像一个永不餍足的孩子。

不然，人生实在太荒芜。

话是这么说，可我倏地发现竟然不知道该怎么做。

是该守株待兔、掩耳盗铃，还是与虎谋皮。

你会害怕这个世界上的冷漠与乖戾吗？我怕你怕。

岁月已经很荒芜啦，要知道放纵与克制其实既相克又相生。

要知道如果向死而生，那实在太寂寞。

我在意你，害怕分离，不习惯告别。渴望享受也耐得住寂寞。安之若素是为了更好的将来。

不想再去当阴影里的植物，用厌氧呼吸去生活。也不再觉得，活着是一件多么疲惫的事。

爱是稀缺资源，是小概率事件，但大概也是命中注定的千古一时。

你说这么想的我，会不会也带着一点点傻气。

所以当春暖花开万物复苏的时候，是不是说，从前往事都会一洗如新，干干净净的毫无芥蒂。

忽然也是澈净明通，就这样成为了我所向披靡的勇气和惶恐。

你呀，可真是个举世无双的人儿。

附：答应过你的我都记得呀，所以我想念你。想念是波澜，想念是动荡，想念也应该是平淡。我会隐藏得很好，在打动你之前。

不过在外面野够了之后，你要是敢回来，就再也别想跑了哼！

刚才扫地机器人忽然工作了，把我吓了个四分之三死。

果然写信不加个“附”就写不下去呢。文字怎么写都只是差强人意。

2017年4月2日（星期天）晚上9:15

你看到它的时候，我可能在一万米的天上哦。厉害不厉害？

在地铁上，情绪总是不能集中，但是没反复斟酌的话才最真实。

其实我一直有很多话想说的，不是像你想的那样不开心。其实就是不能表达出来，突然语塞害羞。

大概我是真的不知道，到底该以怎样的身份、怎样的语气、怎样的语速、怎样的句读来和你交流，用怎么样的方式、怎么样的温柔、怎么样的安抚来表达不让你感到为难的关心。我还是太年轻、太脆弱不安，抱你一下都能让我红了眼眶。

不过，我才不哭出来呢！

我会惦记你的。

可你要做你想做的，考研、出国、好好工作、争取户口等。

不知从什么时候开始爱上蝴蝶

希望下次见你时，你过得不错。房间要有新花，身边要有新人，头发要有新钗，学问要有新知。日子好过，不被勉强，我希望你这样告诉我。

在这个春天也是盛开了好多冬天。我知道的，我是无法成为你的伴侣，与你同行，在我们眼所能见、耳所能听的这个世界，上帝不会将你的手置于我的手中，这些我都已经答应过了。

而我也已经在你这里叨扰太久了。

要感谢你的，也该向你道歉。是我已经太久没喜欢过谁，踉跄又莽撞。

既然有借有还，那我给。

2017 年 5 月 1 日（星期一）凌晨 0:47

致亲爱的 GZY 小同学：

说了要写你的，答应过的事就得做到。

捉一只蝴蝶吧，用清水沾染它的翅膀，看着它拼了命地挣扎，为了活下去。

不是说了，你是宠儿，你一直都是。只是你放大了每一次的不安、焦虑、彷徨，它们就这样蔽住了你作为宠儿该有的有恃无恐。

好啦，小鬼，其实这些只是作为少女的浪漫夸张，其实它们才是你生命里最美的，这个季节里最扎眼、最夺目的标志。

都说要好好爱自己呀，要好好照顾自己，可谁还不是一转身就该怎样怎样，小鬼也要有小鬼的样子。你还有你必须要走的弯路，因为你会比别人更贪恋沿途的风景，太过于敏感周遭的嬉笑怒骂嗔。可你并没做错，干吗要为难自己，干吗要跟自己死磕，这些都只是过程而已呀。要原谅自己，要告诉自己：宝贝儿你最棒，弯路走得多了，就勇者无惧了不是。

你不是一个人在战斗，好吗？

我也一直在调整自己，其实我觉得人的心智成熟是一个逐渐剔除的过程。

要知道自己最重要的，要知道不重要的，而后，做一个简单的人。

你是个温柔的姑娘，只是对自己太不温柔。我没有办法说服你，所以请你依着性子来就好了，做该做的事，爱该爱的人。我会一直在你身后，替你撑着最后的港湾。所以请把我给你的那个世界握在手心里，那也算一个浩瀚的宇宙，恒星、黑洞样样都不缺，你可以大胆地伸手索取，可也希望你能保护好它。

我不是个合格的说客，不知道你会不会对我对你的这种小小的忧虑一笑而过。可我还是在用心，在小心翼翼地沿着你的轨迹，试着和你感同身受。

最后，希望在接下来的日子里，找到你崩溃自弃时的温暖和彷徨慌乱时的心安。

2012 年 10 月 6 日（星期六）晚上 8:42

今天晴天，懒得抬头看窗外的月亮。

原本三点就到了赤峰，结果耽搁到现在，我依然在这个地方……

借着这个滞留的时间来想想这次的离别。日子久了，有些东西会淡吗？想一会儿，也不错。

这次的离别我不再像以往那样的无措，不再是以往一样的怯懦。

这一次的我，很勇敢、很坚强地面对。

因为我知道，疯狂过后，一切都该回归于平淡了。

言简意赅地说，就是一片一片记忆的碎片以迅雷不及电驴的速度飞快地拼凑成一个个故事，不断冲击着我脆弱的神经。

妈的，这该死的孤独。

也许，我真该用剩下的时间来思考十六个小时的站票该是如何的煎熬。

妈的，这么一看时间好像是该走了。好吧，宛如奔赴刑场的悲壮，祝你们征哥走好。

车厢的连接处，巨大的轰鸣以及不断的晃动。

这个时候想想你，也是很好的。

恍恍惚惚，我仿佛看到了你又在哭。

恍恍惚惚，抚过我脸的。

也许是你，也许是风。

2011 年 3 月 13 日（星期天）晚上 11:30

CK，冬天来了，你有穿些厚衣服吗？外面可冷可冷了，别感冒呢。

我说，我只是想要亲口告诉他而已，别无他求。

他有他的那个谁，他和他的那个谁很幸福。我会很欣慰地祝福他，哪怕最后的结果不是我想要的。

那么，也许只能这样了吧。

那么，下周我到底有没有勇气去说。

真矫情，装什么伟大。

有类人，我们真不值得去可怜。明明很在乎，假装着不在乎；明明很喜欢，假装着很讨厌；明明很爱怜，假装着很恶心。

然后很冷漠地在你面前走过，然后很冷漠地泪如雨下。

2011 年 3 月 13 日（星期天）晚上 11:30

我记得我说过，不管怎样爱、怎样恨，都是一个人而已。只有自己才能对自己真的好。

这只是我为了揶揄自己的谎言，为了给你冰冷，为了给自己不留后路。

这样的陌路，这样的言辞，往往在得到之后会莫名失落。

以为是给你的好，却只是一个在你眼里独舞的小丑。

每天早晨很晚起床，到学校是最后一个。

晚上睡得很浅，早晨睡得很累。会做一晚上的梦，关于你，关于我，关于一切愈合与腐烂。

可我还是会精神饱满地过一天。只是为了做给别人看。

有时一个人出了校门，却不知道该走哪一边。

两条到家的路，会笨到翻硬币来决断。甚至都会不信任硬币上的那朵银色的小花，因为总会翻到同一边，然后心里愤愤地选择不会碰到你的那条路。

如何能遇见你，在我最美丽的时候。

曾经以为，毕了业，就再也不会遇见你。

哪知，说的第一句话会是，帮我把课本拿过来，还有那句柔弱的谢谢。

我是该做些什么，说句不客气，说句客气什么，还是一言不发。甚至强迫自己从容地忘记了。

时至今日。

今日至时。

你留给我的。

明天要去看电影，和谁坐在一起？像往常一样，要买一大堆东西，吃吃喝喝，然后看着温情的场景，泪流满面。

现在也许可以控制自己了吧，只是还是学不会坦然。

跌跌撞撞。

2011年3月13日（星期天）晚上11:30

我说我不骂人了，这是最后一次。只为你，我会做个善良的人。

爱是唯一的真相。

有时候会很想要知道当初的亲爱哪里去了，之前的山盟海誓都是你用来哄我的幌子吗？甚至卑劣到连幌子都是复制品。

你知道的，我看穿了你，你不知道的，我真的很相信，以及相信我的景仰与虔诚。

不管你是不是真的对不起我，不管你是不是真的在开玩笑，这次我是认真了的。

不想要再兜兜转转跌跌撞撞，那一点残留的温存，早已七零八落。它们都不会喊疼，也不会叫嚣，像你一样的叫嚣。

谁和你柔情到一起，谁和你张狂到一起，都只不过是第一人称与第二人称之间千回百转的阑珊。

这不是我要的。

还记得我说过，你不需要多风华绝代，你不需要多帅气迷人，你不需要多温柔体贴。

因为，你只要是你的亲爱就好。可是，毕竟不再亲爱了。

不给你看这篇文章，我觉得对谁都好。说得太过留恋，你会认为我不够果断；说得太过冷淡，你会认为我当作儿戏，那么，索性不要看了。

好吧，再见。你欠我一个解释。

2011年2月1日（星期二）凌晨0:42

这里要提到的是某羊，我们一拍即合。

你的带球的绒线帽，我一定给你买到男式的。

我们都是不怕死的人，偶尔我们谈论死，谈着谈着就都笑了。

人这辈子能找到一个蓝颜知己多不容易呢，我喜欢“蓝颜知己”这个词。

我很荣幸，羊。我笑了，你能感觉到吗？

Daily

日志

我记得窗外飞逝的风景，

记得穿越隧道时茫然的无奈，

肮脏的风景，美的风景，

就像我们活着的世界。

无论多么恨，多么恨，

可最后还是多么爱，多么爱。

2010 年 8 月 10 日 21:05

梦魇而已，何足挂齿，何足畏惧

我记得火车车窗外飞逝的风景，
在那一瞬间，无比得明朗。
所谓的梦魇，无非是冷漠人生中的一次邂逅，
错过了也好，遇见了也好，
正确的时间也好，错误的人也好。
无论多么华丽的风景，总有凋谢的一天，
无论多么强悍的命运，总有屈服的一天。
我食言了，我不想再没有目的地等了，
这不是什么承诺，对吧？
但是这话，就像我当时说的一样，没有实现，
就当成是戏谑之言。

我记得窗外飞逝的风景，
记得穿越隧道时茫然的无奈，
肮脏的风景，美的风景，
就像我们活着的世界。

无论多么恨，多么恨，
可最后还是多么爱，多么爱。
我们没办法抵抗，
我想试着慢慢地接受这种生活，
我会感谢你给我带来的一切伤害，
我会感谢你无所谓的不理不睬，
我想要过坦荡的生活。

2010年9月19日 13:03

瞭望，虚无

泪眼问花花不语，乱红飞过秋千去。

几天的连绵阴雨。手里握着伞，却仅仅是在手里握着，没有丝毫打开的兴致。

莫名其妙地会怀念晴天，尤其是午后的阳光。虽然知道在光线下会无比的厌恶，但还是忍不住地怀念。我怎么了，我真的变了？

时不时地会对怀里的夭夭（爱犬）说些莫名其妙的话，说完后自嘲地笑笑。我知道，它不可能懂，但还是忍不住地想要看着它，说说想要宣泄的东西。有些时候，不光是它不懂，连我自己都不懂刚刚所说过的话，这种生活，可真剧情化。

上课时会莫名地发呆，望着黑板上无论懂或不懂的文字或符号，心里想着距自己几百万公里以外的事情。

这究竟是怎么样的生活？我似乎不是这样的一个人，对吗？

有时候在游戏中跑到混乱虚空，呆呆地望着紫色的天和无尽的黑暗。我知道，我现在所瞭望的，是虚无，是遥不可及的一切。

2010 年 10 月 7 日 22:25

至死方休

让我自己给自己一个机会，
以前一切的一切，一笔勾销。
花前月下清酒杯映着你模糊的身影，
扯下曾经写满思念的纸张，看它慢慢烧成了灰，
当成对你最后爱情的祭奠。
一切的一切，从头开始，
这只是我自己给自己的一次机会，
但是我会履行自己给自己的诺言。
从现在起，
至死方休。

听着，我已经不是曾经的我，
我不想再逃避某些事情，
因为放弃远比逃避美好得多。

我们既非生者也非亡者，

我们游离于生命和死亡之间，

我们将被活着的人和死去的人遗忘。

当我们回到了曾经告别的世界上，

但是却永远无法回到我们曾经活着的日子，

永远无法回到我们曾经爱过的人身边。

我们是存在，也是诅咒，

因此，我们选择遗忘过去，并被过去所遗忘。

但，遗忘不代表逃避，

我会遗忘我曾经的骄傲，曾经的一切，

但从现在起，我不会逃避，绝对不会。

曲终人散一场空，此时思念不再有。

爱犬“小毛桃”

2010年11月16日 12:45

睹物思颜，如雾似烟

我在想，这个生日还真是没多少人知道。

确实没想告诉太多人，告诉那些最重要的人足矣。

生日对我意义不大，两个年龄的跨越，人没有丝毫的改变，没有所谓物是人非的悲哀。

当然，不可避免地想到了你。是的，不可避免，睹物思颜，如雾似烟，这话送给你。

一切的一切，只是一场云烟梦影，或辉煌或悲哀，过去的都过去了。

十七岁，我不会再让你们担心，也不会让自己为某些事情影响自己的情绪。

这是承诺，我说过的承诺。

2010 年 12 月 3 日 12:45

盼不到的一切，无力抗拒

十二月，终于盼到，
可是我看不到期盼已久的雪。
多想看一场无比纯净的大雪，
让我躺在雪地里，然后一点点地掩埋我。

还记得自己曾经说过，
没有你的世界，什么都不是，
现在想想，多幼稚的话，
世界依旧是这个世界，什么都没变。

轻轻地，一点点地，
咬住一小块，
轻轻地，就那么渗出了红色，
然后就像有什么东西脱离了手背。
我没有伤害自己，
我是自愿的，我想这没有错，

没有理由，纯粹是因为心情不好。

于是，我开始喜欢在黏稠的酸奶上涂上番茄酱，
理由很可笑，那是德克士剩下的，
就像是鲜红的血，渗入了洁白的雪。

遗世独立的理想乡

2011 年 1 月 1 日 13:33

结束

有些人，有些事，
还真是一些小小的事就能改变。
那天，我看到的所谓的微不足道，
成为了我下定决心的最后一根稻草，
但我还是希望能记得你。

还记得我说过的吧，
忽然下的一场雪，飘得那么纯洁，
将我埋葬在你的世界，
可现实是，我没有被埋葬在你的世界。

又一年，在颠沛流离中过去了
有人死了，
有人依旧风光，
过去了，结束了。

2011 年 1 月 15 日 21:30

成了死不了的鬼，尴尬地享受孤独

一阵风，把什么都吹乱了，
头发、衣衫，思绪、过往。
捧着毕业照看了一个小时，
但似乎除了这，再没有任何曾经的证据。
那个时候的笑脸，如今成了干戈寥落的陌生，
何时？何地？何故？何来？何去？何从？
这一切，我早该忘了的，
可是该死的记忆却不断地晃过。
这是让人踯躅不前的羁绊，
早该忘记的羁绊，
无可奈何。

忽然又有种孤独的感觉，
没人理解的感觉，
就像死心之后，
成了死不了的鬼，尴尬地享受孤独。

不甘，不愿，无可奈何。

不眠，不休，无所适从。

不怨，不悔，无力抗拒。

不离，不弃，无稽之谈。

于是摘掉手套，拉开拉锁，车速拧到最大。

冷又怎么样？疼又怎么样？难受又怎么样？死又怎么样？

一切命中注定而已。

一直没心，何来死心？

我再哭应该是为了某个人，

这是早该猜到的结局，

只是我不愿意想。

但是，事情到了现在，

我也实在不想说什么。

那个我不知道该如何对待的人，

我不会违心地祝你们幸福，

这是我唯一的自信。

我还没那么虚伪，

但是，她，

我忘不了的她，恋恋不舍的她，

照顾好她，好吗？

2011 年 2 月 10 日 01:47

注定是个不眠之夜

不甘，不愿，无可奈何。

不眠，不休，无所适从。

不怨，不悔，无力抗拒。

不离，不弃，无稽之谈。

好大的雪，可你们看不到。云不会蔓延几百公里，让我们同时看到这场纷纷扬扬。

不眠之夜，仅仅需要参透字面意思。我想了太多太多，心之所向，遥不可及。

如果一个地方永远都无法到达，那么，它还存在吗？你存在吗？会不会是我几年来一直存在的臆想？

请原谅我的冒昧，但我情愿我所想的是事实，但这点上我很理智。

我懂，我明白，我知道，我了解。

可是我不想输给他，我宁愿死，也不愿输。可我能怎么样呢？

这个世界上，有很多人被称为流放者。他们找不到来时的路，找不到过去的家园，然后就会死在某个角落。

我究竟是走得太远，还是一直在原地踌躇。是不是任何一个方向，都会游向同一个宿命呢？

忽然的一场雪，会是某个神明在召唤我吗？

一瞬也好，百年也好，在这之后我什么都没有。曾经有过的，只有自己，且永远地孤独着。

直到参透了一切，化成了宇宙中一粒尘埃。安乐了，安宁了，安息了。

于你，永远忘记我，你会更幸福。

于我，我不是忘记，我是一无所有。

2011 年 3 月 14 日 13:12

我们彼此心照不宣

手里拿着烟，就这样踉踉跄跄地走着，祈祷某一天能远离尘嚣，但若是真到了那时，怕是会不舍。

身体似乎已经不受自己支配，漫无目的。

三月的风依旧贪恋冬天的气息，是情人在依依不舍。

这一切，看在眼中，却放不到心里。对于一切漠不关心，是我此时的处世态度。

兄弟，对于你的事情，我们彼此心照不宣。那些劝诫，不被你重视，丢在地上，任人踩踏。虽然这些我早该预料到，但眼角依然莫名地抽搐。

我不知道是什么迷了你的心窍，让你如此。事已至此，多说无益，愿你自重。

这样的一个星期是如何过去的，天知道。烟没断过，或许这话会让某桃失望或愤恨。

可我还是选择了开诚布公。

在右手的同一位置有一个和左手相同的伤口，鲜明的对称，定义为两朵血色的花。左边的一朵枯萎，右边的一朵盛开。

其实，那些卿卿我我、含情脉脉、非卿不娶、非君不嫁，我都习惯了的，并且保持沉默。用还在耳鸣的听觉过滤掉，之后笑着对旁边的人说：走，抽烟去。

心存芥蒂，我不否认。从此，你、我、他、她中，我将我自己剔除此列。

同时，我断绝了自己的一切后路，包括自己廉价的思恋。我会慢慢地淡化，化为蒸馏水，无比的纯净。之后，遍地冷硬的斑驳。

你们，要平安。我会跌跌撞撞地演示出坦然，我构建出自己的象牙塔，并且随时会入住。

我，若非忍无可忍，会保持沉默。

2011 年 3 月 26 日 16:55

昨时花开又缤繁

想起当初叙闲愁，却也仅仅是当初。
无所谓轮回，无所谓前世缘，今生梦，
只是痴心妄想，
同时也是一种决绝，一种无情，
对自己的无情。
这些都是为了不给自己希望，
这些都是别无选择的默许，
可，这不代表奴颜婢膝。

你，不要挑衅，
我承受不起，你也同样承受不起，
只要你留哪怕一分一毫的余地，我也保持沉默。
可退让至此，退无可退。

那些宽恕，
不是因为你，是因为她。

不是因为畏惧，是因为不忍，是出于我的仁慈，
同时也想保持最后一丝余地，最后一丝尊严。
我想做个善良的人，
所以我不希望这个开端如此般灰暗，
免得控制自己之时意兴阑珊。
现在，我与你，绝不只是心存芥蒂，
别让我与你为敌。

我可以不再去想某个人，
不会像曾经会整晚做着关于某人的梦，
关于一切盛开与枯萎。

装作不理不睬，却对你的每一句话侧耳倾听。
没有人会安慰我，给一句体贴的关怀，
在我最需要的时候。
我知道这一切都应该由我自己来承担，
我会把很多很多事情告诉一个人，
用那些安慰来温暖自己，
然后戴上一张假的面孔来面对第二天。
我知道我的执念是如此的弱不禁风，
对于你。

好吧，再见，

我们就此分道扬镳，

从此，我们便各不相干。

无论你们白头偕老还是始乱终弃，

无论你们矢志不渝还是背道而驰，

无论你们至死方休还是渐行渐远。

2011 年 6 月 13 日 21:17

我虽千年能变化

从没有在网吧以这种情绪写这样的日志。

总觉得该写些什么，却不知道如何起笔。

情绪一直很平静，没有从前的乖戾或冷漠。他们说我开朗了许多，我只是笑笑。或许，他们说的，是真的。

慢慢地习惯，并喜欢上了这样平静的生活。自上次的事情，我已经七十三天没有让别人为我担心。平静的生活注定不会一直继续下去，或许结束，就在刹那间的下一秒。我能做到如此，已是恩赐。

这太阳太毒辣，给我的感觉是灼烧。灼烧了脸庞才能感到一丝温暖。

能让人感动的东西太多太多，我只是不善于言表。活着是迷茫的，只是生活在这个笃定的世界，表达了自己的忧心忡忡。

赋予我这一切的，是她吧。我知道我们之间不需要感谢，可我应该说一声谢谢。

我的世界比任何人想象的都单纯，可太多的人却选择了止步不前，浅尝辄止。或许，能触及并进入我的世界的，只有那寥寥无几的人而已。

她能做到的一些微不足道的事情，却对我影响深远。

我不是一个擅长于描述的人。我只是知道，爱是稀缺资源。她能给我的只在一瞬间，而那一瞬间，春暖花开，万物复苏。无意中，她竟有如此的力量。

我爱你，无比笃定的事实。

经过那么多不能为人所知的内心之苦，却从来没有过如此的感动。

我的确是不懂得人情冷暖，于是内心默默地允许重要的人给我任何程度的伤害。只有一个条件，不要那么痛就好。

我，能做到问心无愧，便足矣。

这是我曾对你说过的吧，这也是我唯一的回答。我想保护的东西，也从来不曾改变过。

我虽爱过别人，但我爱她却是亘古至今的第一次。仿佛如开天辟地第一遭，天真无邪。而从前往事，竟然一洗如新，干干净净，从无芥蒂。

我说过的，我们之间，我干杯，你随意，这便是我想要的。多简单的情愫，多无力的要求。

这让我想起那名妇人宛转幽怨且微弱的唱词从远方飘来。我虽千年能变化，却无一日把君欺。

那么我说，我虽千年能变化，宁负苍天不负卿。有生之年绝不负你，无关其他。

这，不是誓言，不是承诺，却是我耗尽心力认真诉说的话语。

我想我不会离开你。

2012年1月28日 16:24

嫁给我

即使你爱上的只是我的属性。因了我在你眼中就是天地四方。

它是根之根、芽之芽、天上天，是生命之树在生长。

可能放假真的有点太晚了，导致我完全没有赶得上家里大扫除，以至于心里很失落。

这可是在这个屋子过的最后一个年啊，我就要奔赴新生活了。

看着房间里这个大凤凰呼呼地在我头顶上掉渣，我真的觉得土得很有范儿，土得很有型儿。

我好想抒情，却不知道抒些什么情，不是没有感动和爱吧。

我还年轻，只是太脆弱不安，一句我想见你，立刻马上足以让我潸然泪下，隐藏了太久太久。

我想念你，真的想念你。

我从来没有像现在这样怀疑过自己的初衷，为了不多想，总是很早的睡。回忆总是一件累的事，需要排好很多画面和措辞。

我就是个没谱的人，等不起就不要夸下海口，好吗？

总是以为我不在乎的你，其实我就是不能表达出来，就是突然语塞、害羞。

想了 11 年，我愈发觉得我是那种比任何人都需要被保护、被惦念、被在乎，否则会难过得发疯的小孩子。

这一年接触了很多的人，形形色色，心里有一杆秤比谁都明白，再多的人也只是路上风景、脚下柏油。

我不能顺利流畅地向别人表达我的感情，却要求别人要表现得让我觉得窝心。

我觉得我真是差劲，可是我没办法了，我对自己没办法了，否则就不要对我好得了。

不过我都记着，等到我能一气呵成地表达的时候，一定面对面地感动你流下眼泪。

那都是最真、最好的爱。

谢谢你。

每一只在身边飞过的蝴蝶，我尚且知道爱惜它。

每一次带着若有若无情绪的举杯，我都舍不得忘怀。

更何况是这一张张活生生的脸孔，我又如何在回忆中抹去它们。

2012年4月28日23:18

谁能不忘这一世的悲歌

是真的不懂你在等什么，

是水袖翻飞，抑或是倾城绝代。

还记得你说的，若下一秒便婚纱燕尾，那疼她到骨子里也说不定。

再不相爱就老了，不是正巧符题？

世事难料，时光不允许我们去奢求什么。

什么天意人心不过是借口，最后的最后仅仅是咎由自取。

可能那是人生最美时光中倏然而逝的一段岁月。

可能那是麻木不仁前我们残存的最后一缕光明。

五里一徘徊，十年一等待。

我还是能清晰地记得你漆黑发亮的眸子，

说过的什么话，表露过的什么言辞。

天黑，堪比人心的黑。

总是说自己还残留着一丝一毫的想念，

可这一丝一毫却充斥了五脏六腑、四肢百骸。
一个无关紧要的人离开，尚且有一些不适，
那么有一天，如果我离开了，你会怎样呢？
我不知道，同样的你也不知道。
我的象牙塔足矣囚禁自己一生。

阳光还是那么不友善，
我能听到身体发出的悲鸣，仿佛下一秒就会皮开肉绽。
可我不再那么厌恶了，
曾经厌恶的都不再那么厌恶，
憎恨过的也都不再那么憎恨，
曾经一如虔诚的信念如今也荡然无存，
这是曾经执念的溃散。
那么接下来溃散的是什么呢，
会是人性吗？会是生命吗？

我们谁也认不清眼前的路。
只是一种伴随着决绝的步伐。
那么看不清真理的原因呢？
我们还在前进？我们还在生活？
可是我应该是没有热爱什么的了，

已经没有了满腔的热忱以及对一切的心驰神往，
漫无目的，只是为了活着。
我等只是平民，只求平安，
行尸走肉，何等悲哀。

有谁能念我，能忆我，能言我，能悦我？
在雁起凫落中念起我的好，
在欲壑难填中忆起我的悲，
在月落乌啼中言语我的想，
在人生迟暮时取悦我的心，
能不忘这一世的悲歌？

越来越称道自己用戏谑的态度面对一切和即将到来的一切的样子，
玩世不恭，这是我的选择。
也许这并不是最好的方式，但是没有关系，
我不去理会周遭的嬉笑怒骂。
无论如何以一张扑克脸面对，
结果怎样与我无关。
至少在旁人看起来，我活得很好。

亲爱，不知你还会不会在某个时刻想起我。

或许，这样的陌路是为了让我看清，

可这样的陌路，无论在得到什么之后，都会莫名其妙地失落。

我知道你不是会无的放矢的人。

我不想去理智，一点也不想。

在我眼里你还永远是那个最真、最好的你，

时过境迁也是，斗转星移也是。

2012年5月18日22:51

这是来自上帝的声音以及纸醉金迷的风景

帝王蝴蝶，最长不过一年的生命，

是何等强大的想念引渡你到达几千公里外的远方，

去参拜自己的躯壳。

每一只蝴蝶是每一朵花的鬼魂，来寻访自己的前世。

可明明你只有一年的生命，

是交给了这一场盛大的旅途，还是交给了那一生追随的使命?

或许都不是，或许只是放不开这纷纷扰扰。

只是用生命来印证自己庞大的想念，

用以祭奠自己的一生两世。

是多么巨大的代价，换来的无非是心安。

念念，心安在。

三十七年，真的不难。

我不是说过吗，漠然相应，逝若尘灰，一夕承欢，始乱终弃。

掌心的纹线告诉我，我的人生存在很多变数。

但终究是活不过五十岁。

我是信命的。
那么，我的三十七年便从我们相识那一年的开始。
刚好是五十岁的结束，刚好是三十七年。
无论如何，我不去打扰你的生活。

可我有一个愿望。
在我苟延残喘的时候，
能让我看你一眼，哪怕真的仅仅是一眼也好。
可这无疑与前提相悖，必然是会打扰你的生活。
果真是，多余的人生，可笑。

改变一个人很简单，真的很简单，
一年，不，一分钟就够了。
已经变得不再那么情绪化，
这些情绪是转变成了噩梦吧。
难怪早已习惯了刹那间惊醒的大汗淋漓，
而后视线转向墙壁，目光茫然失措。
就这样习惯了沉默的享受和自我的梦魇，
唇齿之间也懒得再提蜜语甜言。

生活不也就是这样吗。

可能我选择的生活到了最后，不过是一场虚荣，
享受短暂甜蜜，再从天堂掉入地狱。
那么这生活还能剩下什么呢？
短暂的揶揄疯狂，
短暂的麻痹失忆，
短暂的时光倒流，
短暂的承欢放纵。
那是稍纵即逝的弥足珍贵，
无法停止的尘灰，是隐含的奢华，明净的优雅，静谧的吸引。

如果，我们在世上继续醉生梦死。
那是否，会让你感到孤独。

那么，在另一个世界，昏黄与苍穹的交界处，
会不会是另一番憧憬？
在时过境迁中，永垂不朽？

2012年7月3日 01:43

镜中的你，巧笑嫣然

神明有知，一念至斯尽付笑谈。
可叹我命由我不由天。
真是可笑。
总之是长大了，其实早该长大了，
只是嫌弃，嫌弃那些尔虞我诈而已，
可这是由不得我，由不得任何人，
最后不也都习惯了。
沧海桑田，多年后的满腔的热忱都化作漫天霜雪，
留不住的尘土，最后得到的也都是尘土。

你看，生命是这样的短暂，
你看，我都老了。
岁月荏苒，是怎样耐得住寂寞呢。

我是有多羡慕你，
你看，爱你的人那么多。

那是你，浓淡相宜，巧笑嫣然，
是那样的成熟，宽容，独立，
我是多喜欢你这样子，
性格中带着一丝丝浅浅的残忍也无妨。
对我的，对别人的，都没关系。
泠泠的，泠泠的。
那是特定场合的特定的态度，我想我还是懂的。
得不到的，从来矜贵。

意重重，意重重，复长歌。
意迟迟，意迟迟，声渐涩。
上邪，上邪，我欲与君相知，
你来，你来，你一定如期而来。

卑微到尘土里，开不出一朵花，
像是凋萎在心里，映出你的容颜，
巧笑嫣然。
心淡了，不伤春悲秋了，
挺好的，梦想家老了。

2012 年 7 月 12 日 03:37

终于我的信仰销声匿迹得一无所有

无论我的跪伏，还是微微的前倾，
我只是不想站在你的对面。

夜真美，美得像光一样。
你从来都不知道我眼中的太阳是真的美丽，
可阳光看我却不是那么回事。
我多希望在它面前虔诚地俯下身，
仿佛是忘年深交，
或是白发苍苍又见黄口小儿时旧友般的惊喜。
对它报以最热切的恳挚以及关怀，
这个时候我们都是教徒，以最大的善意宽恕对方。

忽然就怀念起从前了。
记得那时候看你眼里的懵懂，
你笑得多天真，
然后看你的脚步越来越坚强，

然后你的每一个梦想成了我的每一个愿望，

终于你的信仰开始自由自在地成长。

其实我们都一样的，不是吗？

有时会孤单和迷惘，然后学会感谢和原谅。

你看，有时候你也是个孩子。

是什么时候开始出现了分歧，

最后的最后，我们的路就变得不一样了。

或许在最初，我们的目光就注视着不同的方向吧，

然后各自为着自己的梦去努力，早就忘了最初的约定。

曾经自以为无论多锋利的刃都斩不断的羁绊，

最后却败给了岁月，

然后，再美的风光都变得没有意义。

我真的想变成一只蝴蝶，

生命短暂得不允许多想，

一生只为一个使命，然后坚强地活下去，

痴心妄想而已了。

当阴影覆盖了暗淡的月光时，

甜甜的摇篮曲把这个夜晚变得迷人可爱。
我飞向天际，把一切留在身后，
发现天际的光芒原来是超越现实的伪装。

对，伪装。
每个人不真实的脸孔，
十分得令人厌恶。
可是又能怎么样呢?
那么如你所说，心静心净，坚强地走下去。

现在想想，迄今为止遇到的人和事，
那一只只与我握过的手，那一个个相视过的粲然微笑，
我如何能够像微风拂过沉睡千年的巨石一般，
把这些人漠然地忘记。

每一只在身边飞过的蝴蝶，我尚且知道爱惜它，
每一次带着若有若无情绪的举杯，我都舍不得忘怀，
更何况是这一张张活生生的脸孔，我又如何在回忆中抹去它们。

图说天下
三國演義
中国古典文学名著
注音解词释疑
无障碍读原著
青春
韩寒 著
爱的艺术
悟空传
（修订版）
今何在 著
日月
韩寒
韩寒

每一本书都是回忆

2012 年 7 月 31 日 02:26

原谅我一生放纵不羁爱自由

“原谅我一生放纵不羁爱自由。”
每次听到这句歌，心里都觉得那个人真的太年轻。
这么多年过去，再也不敢提“自由”这个词了。
被社会驯服的感情的奴隶，
我没有离自由近过一步。

我不是愤世，至少我还没做出什么异于常人的举动。
所以我庆幸我还能冷静，还能思考，还不至于走投无路，
如阿飞所说，因为似懂非懂。
所谓天道无亲，所以人不必长戚戚。

心相悦，心相悦，情满颌。
心欢喜，心欢喜，声愈乐。
我想你总该忘了我，于人于己，都是好的。
未来是个很危险的东西，深受其害了，
所以不轻易许诺，我的习惯。

只怕孤独催人老。

我想能坚决一点，再坚决一点，
诀别，掩目，转身，不见。
唇角微扬，我知道我说的我做不到，
那就做不到好了，
我想念你，真的想念。
我知道你是不爱我的，你也未必真的爱其他人，
可是依然天真地幻想，只要一点喜欢就够了。
我够了，我要的东西很少，我什么也不要，
只是在冬天下雪的时候，我抱着你，
我就由衷地感谢天，你多么美好，
你是这个世界上，我最喜欢的人。

意重重，意重重，复长歌。
意迟迟，意迟迟，声渐涩。

我喜欢色彩黑暗的音乐，
喜欢无序和浓烈的色彩，
喜欢青丝成白发的疏离感。

因为时常会觉得绝望和无助。

这么憎恨自己的时候，

睡眠和梦也不能逃避的时候，我希望可以重新来过。

2012年8月7日03:05

月光倾泻，照亮你又让悲伤淡却

醒太早了，总也睡不够，常怀疑人生。

我现在只想活，好赖都想活。

想知道这无趣的人生究竟会以何种面貌呈现。

只要是不必面对太纷繁的世界，苟活都会让我松口气。

怕静，现在我特别怕静。

独处的时候，一刻不停地想事情，想事情，想事情。

好吧我认输了，什么都不想做了，连这篇日志也是，真真正正成了随笔。

有时候文字也许是我们微弱的起义，

这不能让我安身立命，但我希望它给我一个干净的小世界。

你看宝贝儿（爱犬）在不同的角落酣睡，口水预示了梦境是有多甜美。

月光倾泻，照亮你又让悲伤淡却。

她是我很小很小的一个梦，是一个撕心裂肺的、魂魄四散的梦。

不管怎样，欢喜和悲伤，都是淡淡的那一柱印度香，

却不是濒死前要抓的稻草，而是病入膏肓后的天真的吗啡，

是无明无灭无因无果的一阵风，

一个微笑的手势，帮助我理解命运的无常。

而我觉得幸运。

我觉得我还是不要被我的内心世界击垮，有时候我还会对自己说一些悄悄话。

莫须有的爱，相濡以沫的柔情，你永不要以为你眼见到的是真的。我们盲目度过的春秋不计其数，时间中才能永恒。

放心吧，我会洗尽铅华后结婚的，只是我现在大抵需要点铅华。

很多人像我一样，凭着想象过了好多年，虚度了好多年，幻想了好多年。只是看不清楚罢了，

镜花水月，没有爱，也没有不爱。

我也想学滨哥那样，给那个女人一个名字，让她开始一段故事。不惊心动魄却充满着与那个男人血与泪的故事。

可是我做不到，真心做不到。我想安稳，真的想。

似水安身，流年立命。

是啊，你看时光匆匆飞过，那些仓促得来不及告别的记忆和人和事是那样的撕心裂肺，到最后都没有一句道别。最好永远都不要有道别，天下无不散之筵席我权当是屁话。

是的，这是我希望的。那么你觉得呢？

七月流火，九月授衣。天渐渐转凉了。阴天下雨记得添衣服，有些事你要听我的。

是为你好，当作是我爱你的一个凭证，这样可以吗？

2012年8月19日 01:57

那一段路，惊艳了时光

触手可及的离别并没有让我感到意外。

我没有其他人的张扬与疯狂，喜怒与哀乐，

生命到这样的一种程度，无论何等贫瘠，也不能阻挡我们心生欢喜；无论何等的爱，也不能令我疯狂了。

我也需要安全感，既然没有人给我，那我要拥抱这破碎的世界，

人总是要信命，那么所谓别离，也无非是生命中的调剂品，无关痛痒，但说无妨。

怎么了呢，又想你了，接近离开的那一天，这种思念反而是抑制不住滋生，像野花一样在黑暗里疯狂地生长。

是这样的，你温良沉默的存在，在黑暗里给过我安慰和勇气，让我不挣扎，让我心甘情愿承认活在这世上的失败。在我看来，失败才是生活的开始。我确实时常厌倦又非常坚硬地沉默着，我内心的那点光始终没能对外打开。

可惜了这今生今世的痴心妄想，忘了我，就像已经死了很多年。

胖子大概六个小时之后走。我永远会记得一起抽烟、一起逃课、一起闹妖的日子，照顾好自己比什么都强。

就这样。

在日后也许会清晰地认识到，这样的痴迷、癫狂、恍惚、悲恸、厌倦，只是青春期的一场热病。

2012年8月21日 23:40

你最珍贵

尘埃落定尘埃。

轰轰烈烈的三年就这样落幕，我找不到合适的词形容心情。

万事皆空，没有多难理解就是不得不道别。

陆陆续续走了很多人，我知道我还是最后被留下的那个，这感觉真的不好受，真的很差劲。

有时候半夜趴在床上，免不了感伤。

有时候疲惫回来一身乱糟糟的汗味，可有你们陪伴，也是美的。

这些日子我虽然不知道在干什么，可就是有感动、有幸福，有抓得住的微笑与爱。

那几天一闭眼，就是四年后我的狼狈样，钻在被窝里不想出来，不想见人，不想联系。

有时候开机接个电话，就会哭得上气不接下气。电话那头的人说，你等着我过去，别动。现在想起来觉得很美好知足，是福知足，是喜知足，是最暖。

永远不能回头，永远不能放弃，永远不能倒下，永远向前走。只要为了梦想不服输，绝对不会停止脚步。

人说这世上多少东西抵不过时间、距离和金钱。

宝贝儿，三年前第一次打电话就是好久好久，相见如故。

我的轰轰烈烈是你给的。我永远也不会忘记你特意去看我，在学校门口，鲜艳的指甲，烫过的头发，还有亮亮的眼睛。

再过几天，我也要出发了，各奔东西就是天涯。

不要太想我，想我就打电话，或者来见我，随时等待着和你们的每一个遇见，每一个好久不见的拥抱。

别输给距离，别输给时间，别输给金钱，别输给一些身外物。

我们是新鲜的年轻人，不能够被打败。不管在哪，都好好照顾自己才是真的。我这个最大的中转站，始终在那不离不弃。

这一年的蜕变，我世俗了，可我不后悔。

还是那句话，我在自己的世界里风生水起，我和谁怎样，和谁不怎样，都是我和谁的事。

2012 年 8 月 27 日 04:15

照亮我贫瘠生命的一束光

多年之后，我会回到这里，只怕许多人也许已经不在这里。

一辈子向往自由，一辈子不愿低头，这是你们，这是我们。

我的兄弟们，马赛克[①]。

可我舍不得你们。你们是光，是照亮我贫瘠生命的一束耀眼的、明媚的光。

没有太多的言辞表达，只想对你们说，我一直都在。

去年夏天，特别漫长。我喜欢上一个人，也只会是看着她的侧脸抿嘴轻笑。这是我最完整、最完美、最幸福的表达了。

在黑暗中，我会感到自如。你不必看到我的表情，欲言又止，我已经没有任何表达的途径。

我没有牵挂，无所顾忌，也许是因为知道了绝望。我也知道生命从此只在消耗，没有别的意义。

在日后也许会清晰地认识到，这样的痴迷、癫狂、恍惚、悲

① 马赛克：这里指杨征和兄弟们的微信聊天群的名称。

恸、厌倦，只是青春期的一场热病。

所谓的爱，不过是一场不肯醒的梦。“人言负欢情，我自未尝见。”

岁月徒然老去，竟然也有了白发。

我描述过这人生之虚妄和执念，我爱过你，亦辜负过青春。

我的世界是很小的，一沙一世界，一花一天堂，而你就是我的沙子。如诗篇所歌咏:“我的良人，你甚美丽。”

可能你会很失望，到现在我依然是这样的一个人，畏惧交流，间歇性交流障碍，经常做的事情就是一声不吭地消失，最擅长做的事情是对陌生人微笑，然后神游太虚。

我也希望没有一丝愁苦。希望你见到我的时候，我笑意盈盈。只是告诉你，在别离的晚上，我是裂人心魄的痛苦。

死亡的形态，就是时间从你的体内穿过。一旦我们阴阳相隔，我们将会永远地，再不相见。

终于有一天清晨醒来，在空荡荡的房间里，我决定不再怨恨。

我们从来都不曾老去，
在岁月里如永远的少年。

2012 年 9 月 12 日 11:22

曾经一个被遗忘的双关

讲个笑话怀念我，用来证明我陪这个世界一起渐渐衰老。

北京降温，注意身体。其实有些人总会在自己的念念不忘中悄然忘记，但是我觉得这些人不包括你。

你觉得呢？

不是说前世的五百次回眸能换回今生的一次擦肩，那么每次去食堂我都会觉得自己上辈子是被目光杀死的。

这几天浩滨一直毫无音信，你要是敢消失了，看老子怎么收你。

大学生活的第十三天，在集宁想念你们。

总觉得是时候该了结一段念想，我想我该以另一种态度来面对未来要面对的。

夏天就这么过去，虽然我还是喜欢你。

不好意思，你的新生活刚开始的时候，我却已经没有力气。

秋日当空，心如深渊。是这种感觉吗？也许是。

还是那句话，没有爱，也没有不爱。

就是这样的故事，再不相爱就老了，而我老了。

这是曾经一个被遗忘的双关，忘了它吧，没有任何意义。

有时候路过实验室，昏暗的楼道里，我仿佛能听到一种声音，或是风声，或是悲鸣。

那里面放置着一具具尸体，我知道。

2012 年 9 月 17 日 01:49

缁素

请你忘了多余的内疚。

其实很多事情仔细想想完全是没有必要。

天越来越冷了，上呼吸道感染。

苟且于北方的干燥和寒冷，面容模糊，声音沙哑。

还是会做噩梦，带着急促的呼吸起身，然后平缓情绪，生活越来越平庸。

有那么一个瞬间，我再次想到蝴蝶死去的方式，像梦魇一样，在流年中反复出现的无数白色蝴蝶向我迎面扑来，我清晰地感到生命和信仰在离开我，我感到死亡很近，比幸福更近。

有时候谁给谁的伤害也是不经意的，现在我信这话。

我不是故意的，从前我要你留下，是我不对，现在我不会再要你做什么。有些事我也说不清，也许我脾气太坏，或者干脆说我这个人就是太坏。

现在说这些并不是要挽留你，现在蛮好的，你不需要我了。

很高兴你告诉我你真实的想法和真正的需要，虽然我不能给你什么，但至少可以不妨碍你去找你想要的。也很抱歉，我从前不知道你想要的是这些。也许就是知道了也没什么用，我并不能给你什么，我这里没有你想要的，因为我不再相信它们，那些完美的、唯一的、永恒的，不再相信了。

你也知道的，哀莫大于心死，你明白了最好，我已经不能给你你想要的了。

离开，你才有自由，才能去要你的梦想，我不会妨碍你。

我所能给你的，你清楚的，也只不过是偶尔的快乐，镜花水月，正如你所说的，更多的只是失望。不过你已经可以摆脱这一切了。这让我有些许的欣慰，我无力弥补什么，只希望你以后的幸福，能让你淡忘我曾给你的阴影。

你知道吗，假如我当初遇上的是别人，或许也是一样的故事。

事实上，我并不相信冥冥中早已注定谁和谁相遇，不相信谁和谁的相遇是千百年修来的缘分。

一切都是偶然，就像荒原中的一场茫茫大雪，一片雪一粒沙的相遇。若是要问漫天的大雪和无垠的荒原，为什么这片雪要遇上这粒沙。

没有答案，雪总要往下落，不是这片就是那片，沙总是向上迎，不是这粒就是那粒。只是偶然发生之前没有什么是注定的，发生之后没有什么可以改变。

我在茫茫寰宇之中穿越千百年的时空，只为了与你相遇的一瞬。

这样的说法真的很浪漫，可以入诗入梦。

我只知道，我们的相遇，只是偶然，碰巧我遇上的是你，而不是别人；碰巧我爱上的是你，而不是别人。

或许你会问我，写下这些文字的意义，其实我并不知道。

它不是用来流芳百世，它只是活在很少人的心中，如同埋下唯一的种子。

2012年10月4日 01:23

一个微笑的手势

那些花就在阳光下毫无顾忌地开放了。

在北京我没有见到我想见的，分外失望。

那么回家吧，这样的感觉是很好的，是一种莫大疏离感的渐渐消逝。

我感到我的身体里有些东西在生长，但是什么都没有。我只是在枯萎。

那个时候会到来，所有记忆都会死去。

我并没有感到分外孤独，因为事情原本如此，我终于发现自己过去迂得可笑。

该说些什么呢，我觉得我至少可以学会怎么去笑。

我仍然很沉着。沉着是一个人秘密的阴谋，而我自始至终对充满物质和欲望的世界耿耿于怀，没有丝毫改变。

我不能占有你的幸福，我在阳光下仰着脸，无比快乐。

我终于用青春的末梢拼却了最后一场梦，这是我生命中唯一的庆幸。

后来，我想，我一定要去看海。

在那里，我看见很大很大的天和天底下很大很大的海。我站在那里，心想，我是自由的。

是所谓的千山万水吗?

刚刚到北京的第一个早晨，阳光很好，叶子像蝴蝶一样飘下来，一地都是。

想了一下该叫你什么，很是踌躇。毕竟你离我实在太远了，你的脸开始变得模糊起来。这时候胸口就微微的温热，心里默默地幻想。

这么美的树，这样短暂的北京的秋天，你应该看得见。

我想要你看得见，我想带你去看最美的秋天，我想牵着你的手，告诉你，就在这里了。我想带你去看那些山坡上开满的野花。沿着河走，走过那些村子弯曲的小路，你会看见一个很大的湖，湖上飘着雾气。山坡上开满了黄色的小花，很多很多的花，我采了满满的一怀。阳光很美，就在我身上。

没有目的，我只想带你去看那些花。

那些简单的生命，简单的快乐，就像那些秋天的花儿给我的快乐一样。

我只是想向你证实，假如我带你去看那些花儿的话，它们能给我的，我也一样可以给你。

重要的人会越来越少，

但重要的人会越来越重要。

有些事，难过了之后，就算了。

有些人，忘记了之后，就算了。

别为难了自己，时光是那样的绵远悠长，

请你相信它，日子久了，有些东西会淡掉的。

2012年11月13日 02:10

在岁月中熠熠生辉的是苍老

先祝亲爱的自己生日快乐。

胃又开始疼了，尖锐地疼。

因为这几天被酒精过度地摧残，所以胃疼是料想到的。

弓着身子在电脑前，屏幕微弱的光照着我的脸色应该是很苍白。

只是我无法确定这时候我的声音是不是很虚弱，不过我觉得这样的疼痛确实是我所需要的。

因为疼痛可以提醒自己还没有麻木，可能这是借口，但是无关紧要。

管它的，就这样好了。

岁月中熠熠生辉的是苍老，我想你知道我曾经是个什么样的人。

我想说的是，我真的老了，真的。

所以所谓的熠熠生辉，或许真的只是回光返照。

也记得简祯的一句话:

人与人接壤，能诉说的仅是片面辰光，一两桩人情世故而已。能说的，都不是最深的孤独。

有些话不能说出来，是因为我不说，可能永远也不会有人知道我的生活是多么煎熬。

可是我只能向前走，不能停，不能退，即使是鲜血淋漓。

你要相信我，我耐得住煎熬也耐得住寂寞。

因为一直都有在背后给我勇气的、在等着我一起回去疯狂的、要肩并肩走完一辈子的那些人。

不知不觉地又想起她了。

上穷碧落下黄泉，两处茫茫皆不见。

人言欢负情，我自未尝见。

山盟虽在，锦书难托。

这几句诗，你说最疼的是哪一句?

都说这辈子没有一次婚礼是遗憾的，但是揭开面纱看不到你的脸我觉得更加遗憾。

我已经不知道自己在想什么了，恍恍惚惚，我们之间不存在共鸣。即使以前存在过，也早就没有了那样的默契。

我很迟钝很迟钝地过着浑浑噩噩的生活，即使我记得你的名字，可你的相貌依然在时间中渐渐地模糊。

其实，你真心地讲一句，我就能放弃了的。

天南地北，后会有期。

可是，你忘了说地点，我忘了说时间。

那么，就这样吧。

从此，山水，不相逢。

2012年12月6日 02:04

你在天涯，又怎知海角已经渐渐地衰老

越来越淡薄了。

这是离开家几个月之后学会的独立和处事。

人是会越长越大吧，重要的人会越来越少，但重要的人会越来越重要。

有些事，难过了之后，就算了。

有些人，忘记了之后，就算了。

别为难了自己，时光是那样的绵远悠长。

请你相信它，日子久了，有些东西会淡掉的。

当我变得心深似海、坚忍独立、缱绻决绝的那一天。

我想即使是真的有那一天，也是不为人知的落寞与冷寂。

成年的这一年起，是一年年的衰老，一年年唏嘘的感慨，但都无关紧要了。

有时候总爱炫耀我年轻的时候，然后就猛然发现自己不配再用上“年轻”这个词。

没有多远，就像是昨天发生过的事情，却是再也回不去的昨天。

理想早就散成碎屑，然后零落成泥。面前的生活还是如横亘的沟壑一般无法越过。当你梦到你的未来，也就只能是轻轻地叹息，生命在这个时候只是消耗。

岁月总是在左右人生，这是无力反抗的，甚至都提不起反抗的念头。

人就是这样的弱小，他们自以为他们强势，可以掌控一切。可是你不知道的是，在一个狠狠的挫折之后，你又是怎样的茫然失措。

我是很倔强的。

如果不是一生一世一双人，我就宁愿孤独终老，也不受这委屈。

“一别之后，两地相思，只说是三四月，又谁知五六年，七弦琴无心弹，八行书无可传，九连环从中折断，十里长亭忘眼穿，百思想，千系念，万般无奈把郎怨。”

嗯，我安稳了，比有你在的日子更加懂得为人处世和照顾自己。我知道，我遇见你，爱上你，离开你，都是命，后来我才开始怜惜当时的自己。而那些曾经深入肌理的人和事，都是逐渐地模糊以及消散。人们只是觉得很累，只是渴望沉沉睡去而已，如果能够这样，姑且也算是走得轻盈。

走好，这是每一个人最后的尊严和幸福。

忽然就特别向往战争年代。

攥一把泥土都能捏出血的那个时候，死亡无处不在的那个时候，随时准备好看不到隔夜黎明的时候。

我是向往出生入死的生活。

可能那个年代的人情世故，又是不一样的温存。

可能可以给自己一个堂而皇之的借口，我随时会看不到第二天的阳光，于是就不可能许诺给某个人未来，那么我就有足够的理由让自己毫不犹豫地离某人远去。那么这样的我，可能才没有那么多顾虑和负担。

在某处幸存的几个人围在一起，望着苍凉的天地划下几颗热泪。人与人相处没有那么多阴谋，只得是在一起庆幸今天的我们还都活着。

这是充斥着男人血与泪的故事，而故事的主角当然是身边的那些人。

我庆幸现在我能在这里怀念，曾经能与那些人结下这样的情谊，无论是共患难还是同享福，我想，我们的前世必定曾指天为誓。

生命中最重要的东西也是会变的，人的一生总要换过几次信仰，才能更加坚忍平和，才能波澜不惊地面对一切。

而我却懒得去思考我的信仰了。

2012年12月16日 14:38

忘川桑梓，比生还优美，比死还贞洁

不经意间会想起万宝路香烟那股独特的味道。

如果世界末日是真的，那么这就是我最后一篇日志了。

想感慨了，什么时光啊，红颜啊……着实是有些伤春悲秋、无病呻吟之嫌。

并没有想要坦白什么，也许我将要在死去那一刻都不会说出心里话。一个人的世界究竟要隐藏多少秘密，才算是真正完整的一生。

这辈子总要替自己好好活。

愿也是一生，怨也是一生，我在期待我老去的那一天，一朝各自化尘化土。美丽与悲哀的记忆会有情窦初开的男女去捡，可我们有名有姓的青春终究是不会再回来。

叹息的时候越多，才知道不能解的情结比唾手可得的幸福还长。

始知结衣裳，不如结心肠。这句话我曾经念念于心良久，太温暖又太落寞。我大抵说不出心里的那份感动，可悲的是语言竟然无力到这个地步。

回想起阴谋把人圈在其中嘲讽，无法言语。我心心念念期期艾艾的人始终不会出现，可是虚情假意又怎么会痛呢。

有些爱得不到，就骚动极端的念头。

其实我的性子并不是多么从容，我只是见不得杯盘狼藉。

我想那些所谓操守和干净，是自我封闭而已，是对自己厌恶事物的不接受而已。

想见到的，不想见到的，想念的，痛恨的，回忆中闪现的其实全都是熠熠生辉的亮点，可没有结果的那些总归是遗憾。

末日真的要来了吗？那些一点都不愿想起来的事情却无比倔强地挥之不去，就像在做最后的道别。

我不做作，我不纠缠，我不指责，我亦心思清明。你的期许就像是生命中必然流经的过往，是末世荒城也好，是险恶行旅也罢，我欣然接受。

越扯越远，其实我讨厌弥想和荒诞。这样的自己，其实苍老也是一夕间的事情了。

我的良人，你甚美丽，但是就这么一笑了之吧。

那么最后，愿你温暖安身，手心有无尽的晴光明媚。

再见，爱人。

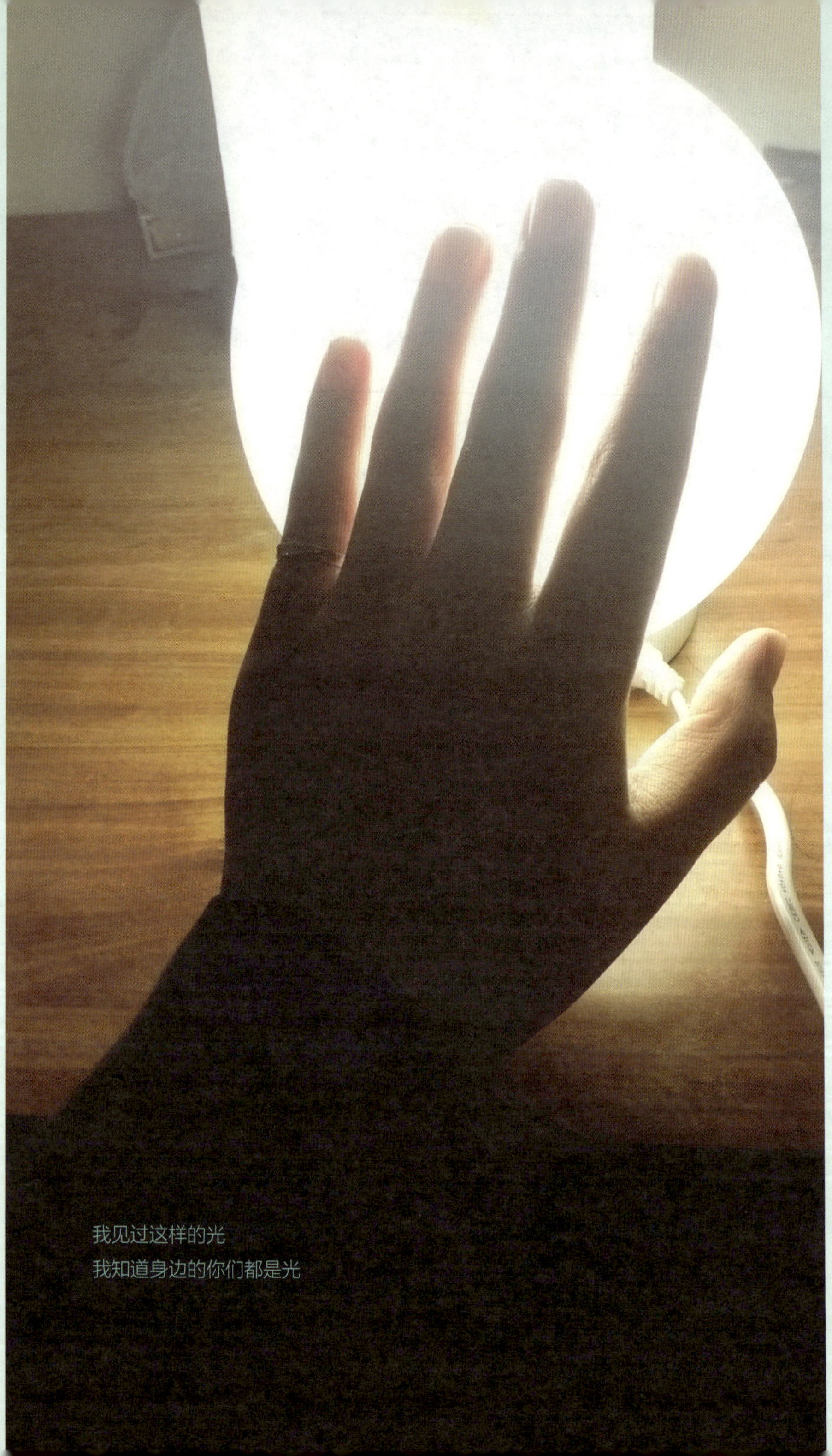
我见过这样的光
我知道身边的你们都是光

2013 年 2 月 2 日 06:25

我挂念他们，我身边的“混蛋”

据说尼古丁可以解饿，你猜我信还是不信。

又是一年的岁末了。

还记得去北京接月月和浩斌的时候，航班延误，在机场等了五个小时。这是第二次延误了，在即将和他们见面的时候，我会心跳加速，呼吸沉重。

在回家刚出火车站那一刻是这种感觉，和老毛去赤峰接翟哥的时候也是这种感觉，黑毛到家的时候在小区门口等他的那几十秒也是这种感觉。

是担心见面之后的措辞话语吗？但之后才发现完全是没有必要。

回家以来就一直想写些什么，可是一直拖到今天。

我就是这么个拖沓的人，那么现在我才想起告诉你们我回来了。

没错的，我回来了。

黑毛还是那么混蛋，浩斌还是那么混蛋，老毛还是那么混蛋，大家都还是那么混蛋，反正你们都是混蛋。

老五一点也没变，还是那个大脸盘子。晓峰你要注意点身体，你这病我还真是最近才知道。雷哥不要太难过，有我们呢，什么时候想开了就给我们打电话，我们带你出去侃大山。话说，翟哥这段时间都不和我们一起玩耍了。

嗯，还有脸哥，养好了身体，咱们还要一起去闯呢。

那个妹妹，你要记住不管怎么样我都一直在，你要记住你并不是孤立无援，你期待的未来我也同样替你期待着。

我说过了我要换个路线走，我不要文艺、不要阴暗、不要狼狈、不要蝴蝶，话说一个大老爷们的头上蝴蝶翩翩飞舞，让人看了就觉得挺傻的。

忽然想起中午洗澡的时候没有热水了，以至于我顶着凉水唱着《圣斗士星矢》的片头曲洗着头上的沫子，然后出来对我妈说我感冒了。

老毛说在家的日子比较苦，可是他不懂得我们的苦。说说集宁的风吧，那里常年刮着六级的微风。六级是什么概念呢？零级烟柱直冲天，一级青烟随风偏，二级轻风吹脸面，三级叶动红旗展，四级枝摇飞纸片，五级带叶小树摇，六级举伞步行难，七级迎风走不便，八级风吹树枝断。每天我都有想拿块砖头放风筝的冲动，你们能懂？

其实大家过得都不好，我也一样，可是笑逐颜开劝别人的时候，是想不起来“感同身受”四个字的。

有些感动是特属于曾经那个热血懵懂的时代，那些和你一起笑着闹着的身影，渐渐模糊和走远，有些人明明说了再见却再也没见过。

也许当我们真正走入社会的时候，才会发现年轻时候幻想了多年的憧憬瞬间崩塌。

要学会知足不是吗？趁我还年轻，趁我还有最后的疯狂。我要的不多，只要身边依旧还站着的这些人。

三四年之后，我们也许就不会有这样的日子了。

七八年之后，我们就再也不可能有这样的日子了。

2013年2月23日 03:41

花开花落，悠悠的岁月长长的河

魔兽世界是个很容易勾起回忆的游戏，却是个不足以让我忘记我自己处境的游戏。

凌晨两点，服务器成了私服，这个时候越发会感觉到那种孤单。

孤单就是当你一个人在副本门口闲逛的时候，身边没有任何的聊天记录，包括各种颜色字体。渴望和任何人对话，哪怕是“大哥刷本？带个小号可以不？”的人都行。

这个寒假的最后一次，你们都在的时候一起疯。笑得再放肆也会戛然而止，是因为想起了触手可及的离别。

期待的东西总是不尽如人意，不过没关系。

离开的时候我会笑着，哭出来是很丢脸的事情，我这么好面子，所以做不到。

每天早晨十一点半，听你们精神抖擞地喊我吃早点，每天睡醒之后都骂自己浪费青春。

整个寒假都是这样的生活，有时候也感觉无聊，但就是想这么昏昏沉沉地下去。

是的，我沉迷了，救救我吧。

寒假就这么几十天，很多时候我想不起来昨天做了什么、前天吃了什么，以这么吊儿郎当的心态去工作是肯定不行的。

愤青已经不再是我的属性了，总是感慨自己老了，其实我们都还年轻。离开高中之后我才明白，这个社会只给你一次犯错误的机会，如果不把握住，就要和一切说再见。

游戏带给我们什么？有时候我总是在想这个问题，也许只是因为我们可以一起在游戏里过我们渴望的生活，没有欺骗，没有平淡，没有琐碎，只有我们热血的青春。

一起在游戏里打杀的时候，一起打发无聊时光的时候，一起在副本里实现我们目标的时候，总是能忘掉现实带来的一切不快，包括离别。

其实，这都是现实中的失落逼迫我们的。

几十天的时光很珍贵，可我们却无聊地打着哈欠，因为我们没有别的办法去打发这段珍贵的时光，在游戏里我们知道击败对方，但回到现实里我们什么目标也没有。

我这才知道，我老了。当你迫不及待地从高中进入大学，意图享受你渴望的悠闲生活，却未曾想过，这是麻醉。

身边很多人的意识已经到了这一层，但是我们不愿意醒。因为现实中总有我们想要逃避的东西，比如感情，比如考试，比如离别。游戏里我们无所不能，动不动就拯救世界，时不时就毁灭种族。

但是，当点卡用完的时候，我们还是被迫回来了。

走吧，笑着走，不要想我，再过几天我也要走了，然后就是各奔东西，各奔天涯，我会随时期待和你们的每一个见面以及每一个好久不见的拥抱。别输给时间，别输给距离，几年后的见面，我希望我们还是我们。上一辈的观念太过陈旧，我不信，你们也不要去信。

可能日子过得真有些漫长了，越发得不想离开，越发得抑制不住这种念头的辗转反侧，像是埋下的祸根在阴暗的环境下滋生成为庞大的力量，无力抗拒的力量。

异乡，这个词是真的很沉重。

两年之后我就会回来，继续生活在这里。

我希望自己的婚礼可以叫上那群混蛋，我希望自己的孩子可以有一群干爹，我希望太多太多。

几年前，这里有个故事，是一群傻小子要流氓的故事。

几年后，这里有个故事，是一群老头子要流氓的故事。

其实，还有另一个故事。

几年前，一个傻小子等一个姑娘的故事。

几年后，一个傻小子等一个姑娘到三十岁的故事。

2013年3月14日 02:11

有一个故事从一开始就是后来

打着哈欠不想睡觉，把号开到雷霆崖，躺在斜坡上看月亮。

普通青年说：今晚月色真好，游戏里的场景也这么美。

文艺青年说：江天一色无纤尘，皎皎空中孤月轮，人间至景也。

我说：那什么，我觉得吃泡面一定要加个咸蛋黄。

我无比地想离开这个地方，我也从来没有过像讨厌这里一样讨厌任何一个地方。

没有花没有月没有酒没有人，天天刮着大风，脸皮阵阵发麻，能练厚了脸皮。

心比天高，命比纸薄。

眼睛艰涩地睁不开，却是毫无睡意，然后胡思乱想。

多久没犹豫过了，好像看到了很久很久以前的自己。

那时候有一个姑娘，有每天断不掉的联系，对着短信界面傻笑的时候是幸福的表情，这点我不否认。

那时候我想的很好，却从来没想过自己的未来没有她。

人生中的三大错觉：手机震动，有人叫你，还有她喜欢你。

活该我这么久都忘不掉，那么好的姑娘让我怎么忘。活该我一辈子这种命，从那之后对所有的感情都是满不在乎。

就当我是个混蛋吧，只要你记得我以前还认真过就好。

可能那时候的四十三天会是我这辈子再也体会不到的四十三天了，所以我会牢牢地记得。

你可以把这当成一个故事听，而这个故事从一开始就是后来。其实所有的开始，都逃不过后来。

后来我就想，如果能续上后来，其实我可以放弃所有的开端。

可是很遗憾，不是每一个错过都能重来，也不是每一个道歉都能被原谅。

所以现在，我一个人。

其实并没有感到遗憾。

毕竟过去的，就永远不可能重来，每个人都要为自己的幼稚买单。而你所做的每一个决定，都有可能造成一个追悔莫及的未来。

其实一时任性是可以的，但是不再有机会了。

2013 年 4 月 23 日 10:21

我注视水面，却看不见我的倒影

睁眼看到瓦蓝瓦蓝的天，心情大好，然后顶着个鸡窝头去上课。

忽然的一阵风吹得我心情支离破碎。

嗯，很好，集宁东南风六级。

预言太精准，可能还真不适合我，少了和旁人一样的乍惊乍喜而显得格外不合群。

可能，我本来就是个不合群的人吧。

这篇日志本来是想致我浑浑噩噩的大学生活，后来想想觉得作罢。

忽然想起一句话，生于忧患，死于安乐。这样的日子对我来说的确太安逸了，我是会死在这种日子里的，所以我恐慌。

我知道某些特定的时候，只有装傻才能留住自己想要的。所以当我明白的那天，曾经期盼的那种真，忽然地荡然无存。

最近一直在考虑通过脑力劳动挣钱的方法，然后经过反复地斟酌，我觉得还是骗点卡比较靠谱。

如果过分在乎一个人，你就会忽略你身边其他人的感受，甚至会莫名其妙地迁怒，这是种病态。

不过可别误会，我在乎的人一天一个变数，我就是不靠谱。不靠谱的人有不靠谱的样，爱你还是恨你，也只不过是分分钟的事。

其实未来不远了，但是我还真是不愿意想。其实也没什么，以后我们还是我们。

有时候就想啊，等我儿子长大一点，就教他玩魔兽，辅导学习什么的再说，那是孩子他妈的事。

我估计你们看到这也该骂了，骂就要骂吧。

踏入这个学校大门的时候，我就应该明白，我永远都不会再遇到这一群干净清澈的人了，包括镜子里的我。

你们能看到吗？时光好像从不在我们身上成长。可埋怨这漫长的时光如何度过又有何用，还不是一转头就能看见我们各安天涯的模样。

快五月了，忽然就格外地想她。

我知道，我早就知道的，我知道再怎么想都是徒劳。

徒劳就徒劳吧。

我呼吸不是为了找感慨，我灌溉不是为了看花开。

爱犬“羊羊”

不知不觉间，每一道光都积聚起许多被这种光芒吸引的人，就像许多飞蛾一样。但是一旦看到过那种光明，就谁都舍不得重归黑暗。

我想我是一只了不起的飞蛾，一只害怕再次失去篝火照耀的飞蛾，或者是一只在被剧烈燃烧的篝火吞噬之前，欣然微笑的飞蛾。

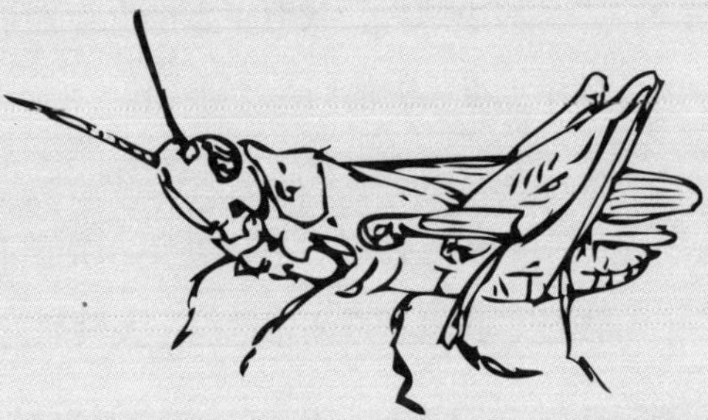

2013年5月8日03：08

如果我们在世上继续醉生梦死

唱首歌吧。

“买了二尺红头绳，把我的喜儿捆起来。”

我们时常感觉自己地位之轻微以及对这个世界毫无贡献。

有些事情无法传达，因为段位不一样，原子的能量级也不一样。无论从宏观还是微观去解释，人都是非常孤独的。

我们很容易就活得像一个无知驽钝的人，因为没有对自己特别好过，因此也无从对别人好过。说到底，是一个无情的人。

你知道吗，一点点地长大的过程中，我并没有得到什么，反而是一点一点地被剥夺。

从小到大，我有很多朋友。然后长大了，长大了，长大了，就一点点失去他们。

有时候想想真的是很怀念。

很多人怀念过去，并不一定真的想放下现在的生活，重新来过。我也不是怀念他们，人没死，想联系随时联系。只是怀念和他们在一起时那个没什么烦恼的自己。

游戏中提瑞斯法会，传说是一个非常牛的组会，里面有一个非常牛的女人。

不过刚看到这个名字的时候，我只觉得很长很拗口。

挺阴森普通的一片林子，没什么特点。

只记得从丧钟镇经过这里，一路跑到幽暗城去，说不清的激动。

嗯，提瑞斯法，我学了最快的骑术，一路从丧钟镇飞过去，只要足够快，就能遇见曾经的自己。

我要说，你跑得慢一些，因为有很多快乐来不及品味就消失了，你要留着慢慢尝。

我要说，你跑得慢一些，前面的风景其实不怎么好，幽暗城很大，会迷路的。

我要说，你跑得慢一些，大家都在忙着长大，但是一辈子很长，懒懒散散也没什么不好。

我要说，你跑得慢一些……

我病了。其实当时代病了，我们怎么能不被传染呢？这个世界多么古怪，乡愿和犬儒。

那些看起来很好的人，心里都是千疮百孔。他们平日里谈论公平和正义，但是对无权无势的人，他们谁也不谈公平正义。

我不是故意说得这么伧俗，只是觉得好笑。那些说要对谁好的人，乘着酒兴夸下的海口，之后都不记得了。

其实都是说说罢了，他们唯一不能做的，就是平实地对一个人好。

现在是凌晨三点，再过四个小时就要在回学校的路上。

其实我也没必要有这么大怨念，人生在世不称意，不如自挂东南枝。更没有必要像现在这样的心慌意乱。

早晨的太阳升起之后，我就还是那个狂妄自大的我。

你有看到吗？你还记得吗？

当初你告诉我男人要学会担当。

可是你不知道的是，有那么一天，从那个时候开始，我做到了。

然后打量着四周，你不在。

2013 年 6 月 16 日 02:18

新生

心高气傲是种病态。请不要灰心，总有人会妒忌你。

仰望得太高最终只能是贬低了自己，我知道要学着不对任何事有任何太大的期望。

心比天高，命比纸薄，格外喜欢这句话。

当然这句话跟我没有一丝一毫的关系，我的命硬着呢。

有时候会静静地思考关于“男人”这个词的属性阈值以及因果关系。

看到过一句话，男人只说三分话，留着七分打天下。

别闹了，只说三分话又拿什么打天下。言语的魅力在于，只要话说得漂亮，你就会相信这是对的，诡辩的魅力同样如此。

不得不说，这句话很漂亮，可是很不切实际，说白了就是废话。

这是个无言的夜晚，只不过是，有些愤恨，有种烧心的怒火。

不过这些都没有关系。

光与影是这个世界永恒的主题，我很诧异一个人的名字竟然能延伸到这样的程度。

其实我再去爱惜你又有什么用呢？难道我再次去抱紧你就不会落空吗？

也许我们还存在交集，不过对不上时间，对不上人物，对不上事情，只是对上了地点。

再见到你，或许不再是纤尘不染的模样。但我相信你可以把所有的风霜踩在脚下，然后绚丽地不讲道理。

你可以，我相信。

又要回学校了，说实话这半年有些失落。

就像刚到家的那天晚上，半醉着在楼顶吹风发呆的那个时候，我忽然有种错觉，这个时候你们都在。

厌学情绪是我们每一个正常心智的年轻人都会时不时涌起的，因为一成不变的生活让人只能沉默。当然在沉默中，有的人爆发了，有的人灭亡了。

不过大学里很少听说有人厌学，因为大学里我就很少听说有人学，比如浩滨这种人。别不承认，手机备忘录里都有记载，回家可以一条一条翻给你看。

我能想象他的表情，无论是看到这一段或者是说出他厌学的时候，一定会严肃得一塌糊涂，尤其是空洞的眼神和绝望的嘴唇。

不过，浪费学费，浪费青春，这句话倒是真的。这是一句，我们都认同，但又都不敢面对的话。

可是，总有一天我们要离开这里去开荒人生，那些充满不定数的生活，真的就是我们想要的吗？

一个个从小在固定的模式中发展的人，真的能接受千变万化的人际关系以及人情世故？或多或少有些不现实。

人们在一千五百年前知道地球是宇宙的中心，五百年前知道地球是不规则球体，五分钟前我知道小时候我视为女神的那个女演员现在已经老了。人生里有多少曾经不愿意相信而今又当作信条的语句。那么，面对这样的例子，谁又能信心百倍地去面对充满着不定数的未来呢？

这种无法言语的迷茫，真是讨人厌。

说过的话要兑现的，改变了自己才有资格去改变别的东西。而迷惘的另一个引申义是沉思。

负面情绪总有一天会成为垫脚石，那么，面对所有人都无力抗拒无法改变的东西，我们就来比比谁更疯狂吧。

夏满芒夏，秋处露秋，四季更迭。

一年又一年，大家都在长大。

亲爱的自己，迷茫够了吧。

看一眼来路，然后爽快地阔步迎新生。

癸巳年，夏至将至。

家乡的风景——紫蒙湖

2013 年 7 月 18 日 04:16

任它明月下西楼

艳阳天。

做个深呼吸，空气很凉，窗外已经暗了。我忽然感到很疲倦。

有能让人略微开心的药吗？

如果说凌晨两点是铺天盖地的寂寞，那凌晨三点就是抽丝剥茧一样的怀念。然后就能回忆起好久好久之前的事情，巨细无遗。

时间长了，经历了许多可也还是不明白的事，可是没关系，它会把一切都渗到骨子里。

可能我需要一点刺激。

一口烟就是一次很好的刺激，尼古丁的味道是可以让人入迷的，可以让我觉得自己无所不能，觉得回到了过去，回到了那个可以无所不能的年代。

每个活着的人都难免会怀念自己的岁月，而我们无法再现那段美好。

“世界太大，花花绿绿太多，不为了旅行而旅行，看再多的风景也不如回家路上的风景，毕竟旅行不是拍照留念和到此一游。”

不得不承认雷哥是真正的谈吐不凡，充满了浪漫色彩悲剧诗人的气质。

已经到家好多天了，什么都没变，自己也没变。

谁都没有变，我仍然是固执地相信这一点。

我是多么渴望熟悉的生活，其实翻天覆地也没有多可怕。

其实能给予人感动的东西太多太多，我只不过是学不会表达。我想我也能不经意间感动很多人。

有时候刻意做的事情有了结果，才感叹自己的变化，我们都在向一个从来没涉足过的人生发展。即使是这个没有硝烟和号角的年代，生存依然是唯一的长路。

谁让，人偏偏可以学会勇敢。

相信我，对于你们，我还是我，一直都没有变。

很久以前我对浩滨说过，跟兄弟的女人最好不要有太多交集，最好连认识都不要认识。我是这样认为的。

我尊重我的兄弟，因为他们配得上我的尊重，所以我不会给他们任何的为难。

很久以前对老毛说，如果咱们成不了仇人，我就绝对不会生你的气。他说，绝对不可能。

很久以前月月给的那个拥抱，很久以前和阿花通宵打电话的长谈，很久以前，黑毛……嗯，很久以前黑毛就是个混蛋了。

大家我都记得，原谅我没有提及所有人的姓名。

兄弟是一起走完这一生的，我知道。所以我不会失去任何一个，我发誓。

女为悦己者容，还记得上一句话是什么吗?

我会永远记得，那句话是：士为知己者死。

夭桃云杏，红颜枯槁。

我想我需要一个因为一句我爱你就能舍弃了自己的理由。

其实早就已经是陌生人的身份，不愿意承认罢了。

然后用陌生人的身份相处一辈子，岁月老尽为终，身栖沧海相望。

其实陌生人也算是一种交往关系，不是吗?

陌生人的关系，也不错。

你说呢，我的亲爱。

山有木兮木有枝，心悦君兮君不知。

我当然后悔过。

但是如果让我回去，我一定还是会按照同样的路再走一遍。

我痴人说梦这么久，然后漫无目的地活着，喝酒，闲聊，臧否人事。大概你知道我的简单，可却被生活弄成这样的复杂。

他说，莫愁前路无知己，我想他写这首诗的时候一定很年轻吧。

人们总是忘记该忘记的，又记住该记住的，然后回忆就被过滤得很美好。

好了好了，说这么多不还是多余？万语万当，不如一默。

从此无心爱良夜，任它明月下西楼。

2013 年 8 月 3 日 01:56

月不西沉

亲爱的自己：

记得少抽烟。

一旦长时间置身于黑暗中，眼睛就连极其微弱的光线也可以捕捉到。

每一个人对另一个人来说都像烟火一样。人类在即将消失的时候，总会绽放出一朵又大又美的花朵，而多少人想让这花生存下去。

其实谁手里都会紧紧攥着一些东西，但是拥有时是察觉不到的。察觉到那分量之时，已近从手里滑落，虽然很多次在想绝对不能再拿起来，但不知不觉中却又背负了起来。

可是很遗憾，当你意识到这些的时候，却总是来不及。

我见过这样的光，我知道身边的你们都是光。让我即使步履蹒跚也可以笔直地前行。

不知不觉间，每一道光都积聚起许多被这种光芒吸引的人，就像许多飞蛾一样。但是一旦看到过那种光明，就谁都舍不得重

归黑暗。

我想我是一只了不起的飞蛾，一只害怕再次失去篝火照耀的飞蛾，或者是一只在被剧烈燃烧的篝火吞噬之前，欣然微笑的飞蛾。

我失去过好多，尽管我并没有不珍惜。

有些故事从一开始就是后来，而所有的开始，都逃不过后来。

然后我就想，如果能续上后来，我可以放弃所有的开端。

但是，为时已晚。

好了，换个话题。

其实我想问的是，今天谁偷偷地拿走了我辛辛苦苦省下的半盒黄鹤楼。

还记得学过的课文吗？“天将降大任于斯人也，必先苦其心志，劳其筋骨，饿其体肤……”

“画家要经过从鼻子里掏出西瓜的痛苦才能创作出不朽的作品”，黑毛要经历从毛孔里挤出宇宙的痛苦才能刀枪不入，人都是要经过痛苦才能成功的。我坚信。

一生如负重远行。也许干脆丢掉行李会比较轻松，但无论怎样也不会那样做，如果没有行李的话，走起路来会多么无趣。

我没什么太多可说的，将心比心，我的胡言乱语，我想你是能懂的。

我想让你知道我心里一直惦记着你。也许不久之后，你的言行、你的人生将会是对我的洗涤。

你要做的比谁都好，你要做个好人，你要顶天立地，你要……

我知道这一点也不苛刻，我相信你。总有一天你会是我的骄傲和期望。

岂曰无衣？与子同袍。

仔细想想，初衷已经变了，这还是给自己写的东西吗？大概是写给好多年前的自己吧。

五个小时前的相互告别。晚风真好。

2013 年 8 月 24 日 01:38

但愿你的眼睛只看得到笑容

荀彧不会看不出曹操的野心，一开始就看得见。

赐死是理所当然，伏剑是心甘情愿，士为知己者死，其实一切都是心知肚明，所以含笑，所以瞑目。

觥筹交错是没错，但是千杯不醉肯定说的不是扎啤。

昨天的晚霞让我想起凤凰涅槃和雷哥尿床。这样的念头大概是由于时空节点和扭曲虚空造成的幻象形成的，所以雷哥你不要怪我。

美好的日子总是过得太快，走吧，都走吧，日子还长，我们还有以后。

我还记得刚才浩滨举着酒杯轻掩朱唇，半嗔半怨：“我想起了那天的夕阳，那是我逝去的青春。”

不知不觉就二十的人了，从前是一点一点地长大，十八岁开始就是一步一步地老去。

曾经对这个世界的腹诽那么那么多，渐渐地我也不再介意了。然后学会去接受它，这个不义的世界。

已经将整个青春都用来检讨青春，那么何必还要把整个生命都用来怀疑生命？

那是些不值得怀疑的东西，不值一哂。

你如果不肯相信这个世界的冷酷，你就要不停地付出代价。

一个人学会保护自己是最关键的，因为我们总不能对这个世界抱太多的期待。

年幼的时候我们可以充满罗曼蒂克的幻想，以为会被这个世界公平地对待，但是如果长大了还这么认为，大概就需要些自我反省。

曾经，我觉得我必须去寻找一个信仰。

值得信仰的东西何其多，可以是佛，可以是善，可以是自己的心，可以是所爱的人。

到最后我放弃了，大概我并没有特别想要的东西，大概我曾经不了解理想与实际的差别，

主来到人间，佛陀来度人间，他们都是要体面的人，他们没有过伤害，没有过庸俗的道德。

如果我是一个按照教义或者内心意识形态活着的人，那么我不但不自由，而且是虚伪的。

真实的东西也许只有“日中则昃，月满则亏”这类的世间常理。

好多人却没有意识到这些虚伪性。这不知道是他们的幸事，还是他们的不幸。大概在未来他们可以毫发无损地幸福。可每一次的自我损伤，都是为不值得的人和事，为同情心所害，这是我无论如何也接受不了的事实。

在世界上有不少人，打着“我跟你熟才不伪装”的幌子，肆无忌惮地伤害身边的人，把缺乏包容和体贴说成率性和潇洒，以亲爱的名义得寸进尺。

就算是听者无意言者有心吧，诛心之论诛的是自己的心，没错我说的就是自己。

得到一次原谅就是一次重生，大概我最害怕的就是有一天会有一个人对我说:“此心，有如中箭枯木。”

知道吗？不是每一个道歉都能被原谅，那是一种什么感觉呢，我无法描述，我只是极力要求自己不记得发生过什么事情。如果我是一个瘾君子，这样的痛苦足以让我产生对痛苦的幻觉，就像死去了很多年一样。

当然我完全可以不在乎这些，也许当我不去关注伤害的时候，就是最好的解决办法。

可我不想这么掩耳盗铃地活着。

我们都没有那么伟大，我们都不必去摇尾乞怜，也不用去请求原谅。

我们都一样，从来不去怪最珍惜的人。我怕失去但是我知道不会失去。

不是一笑泯恩仇这么肤浅的东西，一种不能用科学论证的引力把我们吸引在一起，我不管时间过得有多慢，我不理会身边的嬉笑怒骂嗔，我不计较人生路上的荆棘满途、人心险恶，我知道身后有你们的鼓励以及信任，这就足够我去面对所有。

因为天下不会有第二群混蛋，人间也不会有第二个杨征。

再过几天我就也要走了，舍不得的东西太多，所以就懒得去提。我对离开并没有太多的恐惧，还能笑着看看某些打扮的如花似玉演着为生活奋斗立誓要脱离盲流子命运的有志青年。

不得不说，真恶心。

兄弟的暹罗猫

我知道，我怎么找也是无济于事，无形的时间总会带走那些美好的东西，并把那些真真正正发生过的事情镀上一层东西，那东西就叫回忆。

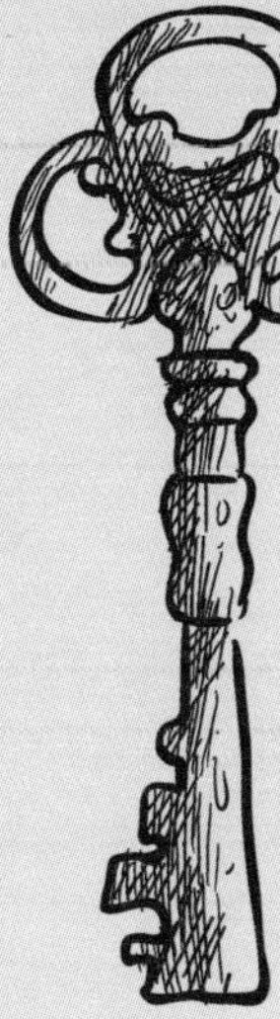

2013年8月31日01:27

我就姑且不再忙着沮丧

对面县医院灯火通明，灯光照进来映着白色的墙，差点因为看不清踩到趴在墙角睡觉的宝贝儿（爱犬）。

滨哥的信仰很简单，他的信仰就是善良。其实我也一样。

以上的那些大实话我知道涛哥不会怪我，人生在世当以宽仁为本。

虽然我这个人比较谦卑，比较低调，凡事不爱用自己当例子。但是雷黄书摸她手的事儿我都能放过他，那么还会有什么事情是我们不能原谅的呢。

有时候大概会不甘心现状。

你想，顺治六岁继位，康熙八岁登基，汉武帝九岁挽弓杀敌。可我们二十岁了还是碌碌无为。

我不知道我究竟该怎么过接下来的这一年，通过什么样的介质、用什么样的话语、摆怎么样的神情和姿态。

感同身受这四个字我不会念，所以还是别劝我怎么去生活。

其实大家走的都是完全不同的路，但是最后的终点基本是相同。是坦途还是阡陌，是庆幸或是沮丧，其实都不是那么重要。虽然我并不知道这条路究竟要怎么去走。但是我会以最不容置疑的姿态站在你们面前，相信我。

今天早早地回了家，没有什么特殊原因，就是感冒了，鼻子不通气，很难受。文艺一点的说法就是被离别的沉重气息压得呼吸困难。

如果非要把自我情绪扯上自然法则，我倒是建议打嗝的时候也找好四十五度角。

写到这里的时候，宝贝儿（爱犬）一个纵身上跳，估计是地上睡凉了，开始霸占我的床。这个时候我仿佛看到胡了清一色一条龙的涛哥，如同咸鱼翻身一样光彩照人，存在感瞬间增长十个百分点。

我和赌徒们都惊呆了。

有些事情，说了一笑了之，结果就真的那么一笑了之了。

可能这是我这辈子说的最洒脱的一句话：再见，爱人。

起风的时候，裹紧外套，扣住纽扣，扣得住温暖，所以我不需要扣住任何人。又不是一定要谈感情才能找得到归属。好不容易冷却了，就不会去再走一遍了。

弃我去者昨日之日不可留，即便如此，我还是要感谢给过我深刻教训的所有人。如果没有你们，我大概变不成今天这个样子。

都不是小孩子了，谁还会充满罗曼蒂克的幻想。

若下一秒便婚纱燕尾，那再下一秒呢？

将行，晚安。

2013 年 10 月 9 日 03:06

煮豆燃豆萁

我还真的是特别害怕倒计时。还有几个小时就该走了呢，不想算。

总感觉是在做梦，梦醒了，就又要回到那张冷冰冰的铁床上闻着长久以来枕头上积下的烟味。

这种感觉都不能说是在厌恶，而是在害怕。虽然我不愿意承认自己怕。

天开始凉了，我不知道现在的我是不是在为难自己。但是我特别想找个人谈一谈。

谈谈感情的层次，谈谈道德的必要性，谈谈安全感如何赋予，谈谈男女间的小契约，谈谈没有契约的人如何善意面对情感，如何给对方自由，又如何不伤害到对方以及第三方。我其实就是想把这些谈清楚，而不是不明就里地全部放弃。

真是为难呐，我到哪再去找这么一个人?

很久以前养成的一个习惯，每次遇到一个可能的人，我都会对她很好。我要在我忘记她之前、狐疑之前、冷淡之前对她好。

我只能用这样的办法对她好，因为已经没有一生一世这个说法了。这大概很悲哀，一个人要提前预支自己的善意。

如果有人认为我这是在为自己找借口，那么我承认。

放下想念，然后收拾行装，始终都是太过恋旧，以至于现在的模样这般不堪。

可能是不能集中精神，不能写下去了。

就这样离开了，没有人送，没有人留。

调整下心情吧，夜深了，这个世界从来没有留给人撒娇的余地。

晚安。

2013 年 11 月 13 日 02:26

却道故人心易变

先祝生日快乐好了，亲爱的自己。

癸水代表的是雨露之水，虽能滋润万物，但五行中至静至弱，故为阴水。为人善变而幻想力丰富，常有不切实际的希望，这是我的命。

半个小时前还有好多好多的话想说，可我现在不知道该怎样去把这些的话整理起来，然后拼凑成浅显易懂的句子。

眼前浮现的竟然是昨天在我眼前晃来晃去、搅得我心烦意乱的光秃秃的树杈。

我越来越讨厌冬天。莫名其妙地，冬天的树杈就已经骚扰了我十九次。这个时候的我可能已经消极到了极点，连骂出声的力气和心气都已经没有了。

可能需要一点正能量，可能应该听一首振奋人心的歌。

嗯，世界名曲，帕瓦罗蒂，《我的太阳》。

我不知道我怎么了，凌晨四点，穿着老爹的正装出去遛弯的人，怎么看也不正常。

我用了太多的时间去感叹，而我根据所有的生活经历，非常沉痛地得出结论，神经质的感叹也只是神经质而已，如果你当这是金鸡破啼，我也不介意。

你们这群混蛋，是不是把老子的生日给忘了，我现在很想你们。自己一个人在家的感觉，很难受。

人生在世如身处荆棘之中，心不动，人不妄动，不动则不伤；如心动则人妄动，伤其身痛其骨，于是体会到世间诸般痛苦。

果然还是没疼到骨子里，有些东西我还是不想放弃。

也许命运总会眷顾我这一次吧，就这一次也好。

也许，你是凤凰，而我恰好就是梧桐。

2013年11月25日 21:15

我爱你的美丽

我还是没能改掉，一见到姑娘就脸红说不出话的习惯。

今嘴唇又裂了一个口子，每天早晨睁眼张嘴打哈欠，然后一阵疼。

快放假了，这是最近出现频率最高的一句话。

都说时间像个大王八，你一不留神它就爬出了很远。可是我现在恨不得用鞭子狠狠地抽打这只大王八：“快点爬。”

你快点爬，我要回家。

最近的生活该怎么总结，忽然变得不明朗，渐渐地在与同龄人脱节。

可能是真的不会生活吧，不然也不会有这么多奇怪的念头。

不还是苟延残喘地活着，明明活得人模狗样，可还是想活出个真正的人样。

又能怎么样呢，无论怎么挣扎也无济于事，就像泡在泥潭里的石头，内心再干净又怎么样，脏兮兮的外表还是让人生厌。

没有谁会去花心思关注你的内在美。

活了二十年，前十年用来挖掘自己的价值，后十年用来学会瞧不起自己。

“别太拿自己当回事儿。”这句话简直是梦魇。积攒的那些少得可怜的自信就这么灰飞烟灭。

大部分人在二三十岁上就麻木了，因为他们只是自己的影子。此后的余生是在模仿自己中度过，日复一日，更机械、更装腔作势地重复他们在有生之年的所作所为、所思所想、所爱所恨。

也许谁都有苦衷，可是谁都不能轻易说出来。说出来，就成了弱点。

写出来的东西越来越世俗了，可我觉得是我成长了。

谁都没有棺中刘伶眼，谁都看不清因果、看不到是非，就算我知道鬼眼看人遍地是鬼，佛眼看人众生皆佛。

可是一个充满鬼眼的世道，善良这两个字，谁还觉得它值钱呢。

是我想的太多了吧，所思所想换成文字后，自己都看得触目惊心。

是不是回家就会好了，就不会有这么多古怪的想法。忽然想起来家里那个傻妹妹，三个月没音讯了，过得怎么样，你可千万别活成我这样。

不瞎想了，总有一天会熬出头的，不是吗？

忽然想写一出最悲的悲剧，里面充满了无耻的笑声。

成长的这条路，可真难走。可是没办法，只能自己走下去，没人能帮我。

我想感谢你。那个时候，是你教会我奔跑。而我从学会奔跑那一刻起，我就开始不停地向前奔跑，因为我不敢回头，怕回头看见你眼角的失望。

怪盗基德香水

2014 年 4 月 10 日 01:18

娥姁

“高帝与吕后共定天下。”

从史学家的口中能听到这样的评价真的挺不容易，吕后是值得尊敬的女人。

女人，在幕后就够了，她们不需要站在男人的位置上指点江山。

是我太迂腐了吧。可我始终觉得，锦缎绫罗尺寸之间，那才是她们的天下。

也许我需要一个吕娥姁。

春寒料峭。就这么快，寒假就要结束了，二十一岁了。

有时候会在房间里的各个角落找一些曾经不被关注的东西，我觉得在那里能找到一些回忆。哪怕是一捧泥土、一丝气味。我想找那些被我丢掉的所有东西，可是我什么都找不到了。

我知道，我怎么找也是无济于事，无形的时间总会带走那些美好的东西，并把那些真真正正发生过的事情镀上一层东西，那东西就叫回忆。

这段日子都在尽力地掩藏自己的情绪，我不想让任何人看到。

就算我骨子里是个优柔寡断的懦夫。

好吧，就算是这样。

宝贝儿（爱犬）死了，陪我过完这个年，它就死了。

我还记得，在高三最难熬的那段日子，我每天抱着它，说那些平时绝对不会说出口的话。

我还记得母亲大人告诉我，我开学拎着皮箱离开家的时候，它趴在我房间的门口一动不动，不吃不喝待了一整天。我还记得它刚来到家的时候吃素，它喜欢睡沙发最暖和的那个角，它喜欢仰着睡觉，它会打呼噜，它不喜欢陌生人……

要不，你回来吧，我把我的床让给你，我去睡沙发，这样可以吗？

那天上午母亲大人哭着来我房间，说宝贝儿（爱犬）快不行了，问我去不去看看它。我想了好一会，笑了笑，还是不去了吧。

嗯，不去了，它一定不想让我看它骨瘦如柴的样子，而我也只想记住它最美丽的样子。

谢谢你陪我走过青春末梢的那三年。我发誓我会一直记得你，直到终有一天我离开这个世界。

2014年4月10日 01:25

指尖轻触到窗外的温度，恰似你满眼的温柔

我没看到桃花。

可是春天就这么来了，就这么大张旗鼓、卖弄风骚、无可救药地来了。

遗憾的事情比比皆是，可是最大的遗憾就是没有一个姑娘能把我们之间纯洁的革命友谊进行一次升华。

其实这也不是什么大事儿，日子久了，人的底线就会慢慢地变得一低再低。

可能我真的很讨厌别人评价我的价值观，你根本不了解我的生存环境。现在我只想活着，好好地活着，然后静静地等着回家的那天。

对于现在，我是个没有生活的人，我活着的意义很小，底线很低，神经很脆弱，情感很麻木。

其实有时候我也想过，找个没有人的地方把所有的负面情绪都喊出来，或者毁掉些什么东西来满足这种扭曲的心理。

后来想想还是算了吧，这个世界从来都没留给男人撒娇的余地。

可是我只是想回家而已，所以我只能努力地活着，

通过廉价的烟，通过一些简单的物质，通过呼吸着的空气，通过这满眼的荒山野岭，我继续着我的梦。

所以慢慢地等下去吧，等着某个能让我发生一些微妙改变的人，等着如今可能再也不会遇到的那个易碎的少女腔调。我还年轻。

仔细想想，这么多年，我没有恨过任何人，不怀念任何一段日子。

我扔下了太多的东西，而我也知道如果有一天我想捡起来，肯定会来不及。

我知道，我会后悔的，可我没有退路了。

2014 年 6 月 18 日 01:16

豆在釜中泣

夏天的空气里一直弥漫着这个地区特有的胶皮味儿，令人生厌的味道。

挺过每年春天的一场感冒后，嗅觉都会异常灵敏，坐在床上忽然闻到刚刚刷过的烟灰缸，透过肥皂的味道散发出腐朽的灰尘味儿，有点儿反胃。

不知道从什么时候开始，会比以前发现更多的细节，与以前不同的是不再加以干涉，顺其自然就好。

以前总会是个参与者，现在只想当个观众。无悲无喜，挺好的。

我不想为任何事情做任何辩解，你不用把我想象得太坏，我没有那么多坏心思，我不会弄虚作假不会害人，有些事情要听劝，有些东西我尝苦头，所以你没必要再尝一遍。

就像你了解我一样，我同样了解你。

谁都有自命不凡的时候，我不会嘲笑你，不听劝也罢，一意孤行也罢，你的错误我旁敲侧击地替你指出过。你听不懂也好，置之不理也好，我尽到了我该尽的义务，怎么走还是要看你自己。

有时候，觉得孤独是一种太过普遍的东西，所以在引用的时候总会分外留意。

虽然我不想让你吃亏，但是我更不想让你什么都不懂。

好了，这些扯淡的不明就里的话，想听你就听听，不想听你就不听，说了这么多也许根本就没有什么意义。

我只是想说我根本不会害人，这是我的缺陷，工于心计的事儿，我做不来。

活了这么久没活出个人模样我也真够可以的，有些说烂了的话题我实在是懒得去提了。谁过得都不好，我真的没必要把自己的那点破事摆到台面上成为人茶余饭后的笑话。

这么一算，我已经两年多没跟谁诉过苦了。

挺好的，继续保持。

话说回来，又要高考了，好紧张。

2014 年 7 月 17 日 22:27

棠棣

流火之月。

有时候觉得孤独是一种太过普遍的东西，所以在引用的时候总会分外留意。

总会在莫名其妙的时刻涌现出莫名其妙的疲惫感，于是对任何事情都不感兴趣，就这么驻足于现状。然后让血液里曾经沸腾过的东西就那么一点一点地消耗殆尽。

有没有能让人略微开心一点的药物?

回家的那天是傍晚，太阳以一个近似平行的角度照在脸上，不漂亮，但是异常的暖人。

没有荣归故里也许是个遗憾，但是毕竟一切都结束了。

嗯，所以我那天没有焦急地踱着步，也不像以前一样皱着眉看着日历数假期。

总的来说，心情还算平静，平静得就像是结了冰的死水。就像是一个风烛残年的老人，床头的柜子里放着早已写好的遗嘱，看完生命中最后一次太阳的东升西落。安静地回忆着自己那些曾经也带着些许热血的故事，那些被遗落在时间的缝隙里再也不会有人得知的故事。

你说，到底有多少被这个世界遗忘的故事呢，就像从来没有存在过一样。

感谢这个世界，让我用两年的时间来学会断离舍。

我也早就不再是个孩子，我必须对自己负责，也必须去承担那些曾经不能承担的痛苦。

其实，如果不是当初太过紧张，我不会失去这么多，如果不是太想得到，我一定会很自由。可惜的是那个时候的我习惯了索取，像个永不餍足的孩子。

庆幸的是我总算知道错在哪里。

我该感谢你的，世事无常，万事万物，平淡如水，不得不失。

感谢你曾经教我的那些，让我学会在这个世界上保留着自己的本心，去做那些只有自己才觉得正确的事情。

一切和合皆无常，一切情绪都是苦，一切事物无自性，来去，不留，便是。

抱歉，这么多年，我竟然刚刚理解“随缘”二字，我要的比别人少，但也许对于你来说，我想要的太多。

过去我不明白，等了你好久，本以为我应该拥有一点什么，可是什么都没有。只能说，也许爱情只属于那些失去过什么的人。

总觉得已经不会再有心慌意乱的那种感觉了。

大概是忽然看开了很多，有些事情也没有再去执着。

哥昨天问了我好多关于以前事情的问题，可是我模棱两可地没有回答，也不知道该怎么回答。

仔细想了想，我从来没有恨过谁，也许从此以后就再也不会怀念那段日子。

因为我现在不会再提心吊胆地过一天是一天，不用再害怕分离那天。

有些事情从开始就不应该有结果，可是正因为没有结果，才会让人入迷，去追求结果。

我起过嗔心。

这是不应该的，可我毕竟修为不高，也许谈不上有任何修为，只是心里有仅存的那一点善念，不足以支撑我和你的扶持前行。

其实如果挥手告别，大概只是你不曾告别。

有时候我会很注重这些仪式，毕竟在这个世上，白驹过隙，你和我都会很快死去。

2014 年 7 月 17 日 22:41

愿你永无忧

总想在某个时刻纪念某种心情。

那个时刻的天气可真是莫名其妙，满眼的乌云却有一束不合时宜的光透过层层的氮氧混合物照在脸上。要下雨你就赶快下，露个太阳出来你吓唬谁呢。

空气里弥漫着一股雨过天晴的味道，我忽然觉得就算我双目失明也一样可以活得很好。

茕茕白兔，东走西顾。

衣不如新，人不如故。

两年前不小心弄丢了自己最喜欢的手机，之后就一直想要把年少时的情感加以修饰并且珍藏。

你知道的，岁月给了我们何等的温情。可是现在的我已经提笔忘字，生活消耗了我，让我失去大部分的心力和能力。疲倦到我连坐直了身子都觉得很麻烦。

那种压抑和狂躁不断交替并折磨着我，却没有力气反抗，只能由得它们在四肢百骸漫溢，只要不侵占感官神经，一切随你们。

我再也没有信任过任何人。闭上双眼，不见神佛。仿佛是在下坠，一直在下坠，当初的那个故事在还没开始的时候就已经终止。

能怎样呢，握不住的沙，你就一口吞了它。

我从来都不曾对你设防。

至今我还在幻想着，在这个世界上有一种介质，它非常强大，如同旧时宫廷的回廊，如缠绕的山藤，如时光的盘旋，如山鬼离不开山峭。我把它叫作，回心转意。

而我一直想着，在某个地方，我们从来都不曾老去，在岁月里如永远的少年。

我希望坦诚地交流，而不是不明就里地全部放弃。

当时的你是抵触的，可是我不知道你有什么难言的苦衷。

有些话说开了就好，我又不是不肯让你自由，又不是不肯离开你，厌倦不是坏事，说出来就好。

或许是你，或许是我，又或许是我们同时把很多简单的东西想得过于复杂化了。

有些事情，真的已经过去了太久太久，也许在不久之后我的内心就能空空荡荡，像是没有停留过任何人。

很遗憾不能温柔相待，很遗憾不能呼喊你的名字……年少的时候，我没有在你的身旁，而老去的时候，我也没有陪伴着你。

2014 年 12 月 7 日 5:05

火光描摹容颜，顺便燃尽了时间

终于没有能力接着睡下去了，原来睡觉是这么困难的一件事。

睡觉到底是什么呢，闭上眼睛只是在看眼睑而已，眼球不是还在咕噜噜地乱动吗？

闭眼看到的一片漆黑也只是在看眼皮而已，这样怎么能睡得着呢？要怎样才能让眼球睡着呢？要看向哪里呢？是眼皮的上方还是下方呢？

还有，睡觉的时候呼吸究竟是用嘴，还是鼻子呢？还是从嘴吸进用鼻子呼出呢？还是从鼻子吸进嘴呼出呢？

还有，手的摆放位置是要放在一起好，还是放在两侧好呢？还是从被子里伸出来呢？

人是怎么诞生出来的，又将去往哪里呢？宇宙的尽头是什么样子的呢？为什么医患关系永远都不和谐呢？

人和人之间的接触到底是要考虑段位，还是考虑原子的能量级呢？是要从宏观还是微观去解释呢？还是从天体星球还是原子电子去解释呢？

爱犬“天天”

昏昏沉沉地带着起床气，果然又变成了愤青，那索性干些愤青该干的事。

越发地讨厌任何有关轻生的思想。

活着有多可怕呢，就好比你是一只猫，这世界是一堵墙，你还没有在墙上留下抓痕，却把爪子伸向了自己。

你妈千辛万苦地把你生下来，不是为了看你用十七八岁的生命绽放成烟火，然后午夜回魂。

算算时间，在家已经整整六个月了。时间的流逝让我感觉博尔特正在向我跑过来，以撞线那一刻的速度。

我还能过几次十八岁的生日呢？我庆幸的是生命并没有停滞下去，即使步履蹒跚也在笔直地前行。

日子就接着这么平淡下去吧，我不想让自己渐渐地变得心平气和的情绪再起波动，这样的生活才恰好是我最需要的。

对面的医院还是灯火通明，感觉灯光映衬下的白色的墙下，还睡着一只又白又胖的狐狸。

嗯，果然是错觉。

又到了一年的结尾了，你们回来的时候别忘了我的三个十八岁生日的礼物。

好了，就这样我再去寻找一下睡意。

晚安。

2015年5月28日 2:19

如是

忽然听到窗外传来对面医院里撕心裂肺的哭号。

我还是更愿意相信，死是进入了另一个平行空间。

那些将死的人，他们在离开前一直凝视的也许是来迎接自己的车队。那个时候他们会不会觉得自己已经是失无可失。

可是这些轮不到我去想，我可失去的，只叹太多。

春雨惊春清谷天，夏满芒夏暑相连。

往年的夏天我是没心情关心天气的，那些时候我都是在咬着牙等暑假。

所以才会感觉到今年的夏天有点奇怪，原来它是会这样的不按套路出牌。无论是天气，还是给人的乍惊乍喜。

大概我曾经缺少的是一股心气儿，它的名字叫义无反顾。

当初我想的是，如果我在这里败下阵来，落草为寇，那我就再也等不到你。

以前一直觉得，有些东西你想做一百件事留住它，可是现实是你做一千件事也留不住，我果然还是太天真。

现实是你做一件事就可以留住它，可是你连一件事都做不了。

或许那个时候是我太偏激，自然之道本无为，若执无为便有为。

曾经我一度以道家的“无为”来骗自己。觉得自己如果不去争，就不会与人交恶，觉得如果自己不去争，就不会失去那么多在身边的人。

就是心里明白所谓的“无为”并不是不作为，可还是一直空耗着自己。

还记得我问过，凭什么你能活得那么直指本心，现在我好像有些明白了。

曾经的自己太贪心，总想抓住些什么，想要万无一失，想要算无遗策。可是就算是蚊蝇鼠蟑，也不敢说一切尽在掌握。

待人诚恳就是了，不害你的人就是朋友，肯帮你一把的就是手足。算来算去也只不过是术，无为无他才是本。

所以大抵就是，凭心而行，后果自负。

直到现在我才说服了自己，与人争才得安身，与天争方能立命。

或许真的是一件事都做不了吧，可是总不能一件事都不去做，对吗？

Brother

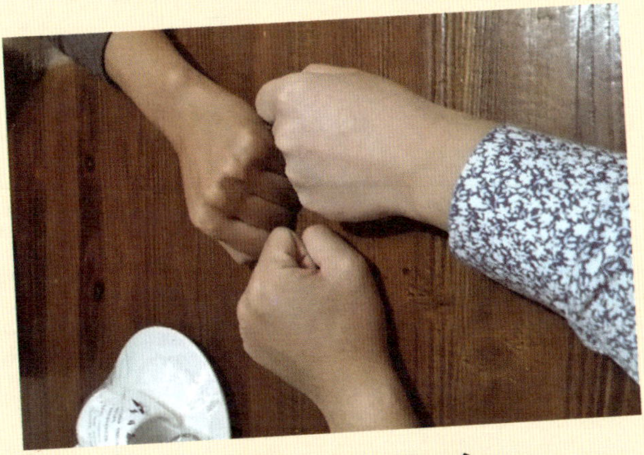

兄弟篇

偶尔想起来一些事情，心脏轻轻地一疼，然后就又归于平静。
慢慢地有些事从锐到钝然后湮没。

闲着没事就看看那些又臭又长的文艺片，32 倍速。

下午又睡过头了，我明明觉得今天休班，结果发现是做梦。

明天主任会不会给我浇一桶汽油，然后一把火和我同归于尽呢?

日子过得好恍惚啊，现在我都分不清楚当初在合肥把孙权打回江东顺手砍了个太史慈的究竟是张辽还是张涵；也分不清楚当初在长坂坡一声断喝，吓退八十万曹军的究竟是张飞还是张涵；更分不清楚当初被赵高算计了好久好久，最后在巨鹿终于投靠给项羽的到底是章邯还是张涵。总之现在的记忆力已经差到令人发指。

写了那么多笑话就是逗不笑我自己，挣扎了那么久，到最后看到自由这两个字，终于不再是义无反顾。

都说生命并不是要有一副好牌，而是要把手里的牌玩得更出色。

你手里的牌可是天胡的牌，玩不出色那就是你的问题了。

我要安身立命了，你可是还要加油的。

外面的世界太花花，你可别把我忘了。

两点睡就两点睡吧，反正我说不听你，下次见面要是顶着个黑眼圈，我就真的生气了。

行了，就这样生日快乐，你要记得我永远是你兄弟。

∞ ∞ ∞ ∞ ∞ ∞ ∞

首先要说班里最近挺冷清的，不过这应该是好事儿。

都知道学习啦，毕竟对于你们来说这是最重要的，其余的一切都要让路。

高考倒计时就不发了，我仔细地想了想，其实也没什么意义，说了这么久也没人主动出来发，再加上给人无故平添那么多压力多不好。

老师们都挺不错，尽职尽责尽心尽力。其实有些事儿不用解释，有些人也不用理，听得进解释的给他解释解释也无妨，听不懂人话的就让他滚蛋就是。

毕业两年了，发现和你们的生活越来越远，看到你们的话题插不上嘴、搭不上话，毕竟不是当初那个年纪了。

我想，再过不久也该是我离开的时候了。

你们可要讨论着谁可以坐这个位置，我就不参与了，选出合适的人要及时告诉我哦，我立马收拾铺盖走人。

∞ ∞ ∞ ∞ ∞ ∞ ∞

还记得那年刚刚高三，作为一个游手好闲不求上进的高中生，我也依然感觉到了铺天盖地的压力。

那个时候经历了自认为最痛苦的事儿，是什么事儿来着我忘记了。总之就是很难过、很烦躁，以至于荒废掉了大好青春。

那个时候我的座位一直都不变，第一排，靠窗，比别人矮十公分的凳子。

我的高三生活相对别人来说还算悠闲，睡到自然醒然后上第二节课，虽然我也不理解为什么家住学校对面可每天都会迟到，可是改变自己的生物钟是一件多么痛苦的事。

我并不想说我的生活是浑浑噩噩，可我找不到更好的形容词。和后桌的小姑娘欢乐地扯着皮，和同桌朗朗地吹着牛，手机放在桌洞里每天都在贴吧闲逛，我想班主任老头儿每天看到我空空的桌子都会摇头叹气吧。

说起班主任，私底下我会偷偷叫他老头儿，他是我特别尊敬的一位老师，可能我对语文老师有种天生的亲切感。该怎么形容他呢，博学？大概是我的评价过高，觉得这样的词有些肤浅，可是说经天纬地之才又显得太过浮夸。有时候和母亲谈这些，我总是说："他不迂腐。"

这真的是很高的评价了。当初是他塑造了我的人生观，三年来即使没有太多的教诲，我依然心怀感激地写下这一段：老头儿啊，保重身体，记得少喝酒，有时间治治你那老腰，廉颇六十尚有余勇，你还不到五十，还要打起精神去教育一代又一代人呢。你要珍重。

我知道，人生长路漫漫，你我各自珍重。

∞ ∞ ∞ ∞ ∞ ∞ ∞

这是高三的前期，生活平淡，无忧无虑，偶尔想起来一些事情，动容一下然后就又归于平静，慢慢地有些事从锐到钝，然后湮没。开始后悔自己为什么没学文科，当初选择的时候我清晰地知道我喜欢文科，可我的梦想是当个医生，考虑孰轻孰重后我选了后者。

当时的状态就是对生活无望，活得怎么样只有自己清楚。与其说在怀念，不如说是在愤恨。

∞ ∞ ∞ ∞ ∞ ∞ ∞

生活总会有转折点，最近的转折点是在高三的四月份，末期。

还记得是个晚自习，依旧是迟到，可是在楼门口偶遇了教务处主任。

那是多么痛苦的一节晚自习啊，我看着桌上他在我兜里找到的手机、一盒烟和白天刚刚买的扑克发呆。然后母亲大人就把我带走了。

世界末日一样的那几天，总觉得天都塌了，高中生嘛，都是怕这些的，我忘记了用什么样的情绪度过了这几天，只记得在这几天之后，父亲大人对我说，你还是消停儿在家待考吧。

去学校收拾东西，表现得欣喜若狂，无比得轻松好像脱离了苦海。

可是我心里清楚，吃着火锅唱着歌的日子结束了。

∞ ∞ ∞ ∞ ∞ ∞ ∞

之后的两个月每天都闷在家里，昏天黑地，最常做的就是看着写字台上那个漂亮的古色古香的盒子发呆，搂着家里白胖白胖的宝贝儿（爱犬）晒太阳，偶尔也会跟它说说话。

“喂，你说她现在干吗呢，是不是拼命地学习学习，然后偷着掉泪，而且啊，我断定上完晚自习，她肯定会骑着电动车疯跑十分钟然后回家。姑娘嘛，就是矫情。”

宝贝儿（爱犬）瞪着大眼睛无辜地看着我，我觉得它是在示威。

我把它放到地上，接着看着写字台发愣。

如果可以，我想陪她一辈子。

∞ ∞ ∞ ∞ ∞ ∞ ∞

混着混着，忽然有一天就高考了。

还记得考点在蒙中，离家远，母亲大人就送我去。车里放着理查德·克莱德曼的《星空》，让我静心。可我完全没有感觉到紧张。

两天的时间很快就过去了，高考结束后，看着身边的人满面红光或是一脸戚容，为了迎合大家我换上了一副笑脸和朋友一起溜达。

这个时候我还没意识到，最幸福的时光就这么被自己浪费掉了。

∞ ∞ ∞ ∞ ∞ ∞ ∞

高考之后就是理所应当的毕业聚会，头天晚上没有睡，想着还要豁出性命去喝酒，我就发愁。

每个人都挂着笑脸，每个人都想体面地参加这最后一聚。大家喝得很快，见完班主任之后，我就出了饭店，找了个墙角抽烟，一根又一根地抽。

据说，那天哭了好多人，还好我没看到。

我这么好面子，要是跟着哭了多不好看。

∞ ∞ ∞ ∞ ∞ ∞ ∞

暑假的生活是懒洋洋的，每天十一点半听他们几个混蛋精神抖擞地喊我吃早饭，每天睡醒都会谴责自己浪费青春。

真是好生活，大家一起走在街上晒着太阳，我这样想。

这大概是最开心的一个暑假了，是知道就要天各一方了吧，整个暑假都笼罩着一股不可名状的气息。

那年的七夕是 8 月 23 号，请她吃饭，很开心的一个傍晚。

然后好聚好散。

∞ ∞ ∞ ∞ ∞ ∞ ∞

8 月 26 日，中午，叫上该叫的人吃了顿饭。第二天就要远走他乡。

那天状态很好，灌醉了一个又一个。那天老毛喝倒了，借着酒劲抓着人家小姑娘的手不放，真是臭不要脸。

喝得东倒西歪，醒酒之后五哥带我去君临天下的楼顶吹风。穿着我那件印满了蝴蝶的花衬衫，临近秋天的季节，高高的楼顶，好大的风。那天，在风里面，大家都是笑着的。

那天的心情很平静，没有丝毫的慌张。我记得那天的我，很勇敢，很坚强。

第二天，带着恰到好处的慌张和紧迫感，正式踏上去大学的旅程。

来这里的一个星期之后，开始了我曾经最不屑的情绪——想家。

∞ ∞ ∞ ∞ ∞ ∞ ∞

9月2日，老毛给我打了一个电话。

说了什么我忘记了，也实在是没有必要记，无非是对着电话吹牛逼，和在家里一样。

是啊，和在家里一样。要是在家多好，我一定请你吃你最爱的涮锅米线麻辣烫，再也不嘲笑你了。

这孙子是骆驼嘴，辣的烫的一律一饮而尽，不留痕迹。我就不一样，总是烫到舌头，可是就算是这样我也不敢吃得太慢，因为这孙子吃完了肯定会抢我的。

记得是谁说过的来着，当初一见如故，是因为臭味相投。

当时我在看家里的天气，忽然想起这孙子还没走，“明天降温，多穿点。”我说。电话那边语气变得很沉重，“嗯。”

我一定是给这孙子感动得稀里哗啦地，一定的。

然后开始期待十一长假，我一定要回家。

∞ ∞ ∞ ∞ ∞ ∞ ∞

等待的日子总是很慢，但慢着慢着也就过去了。就终于到了期待已久的10月1号。计划是这样的，先到北京接上浩滨和月月，然后坐火车回家。

十分幸运地赶上了机场快轨的末班车，到首都机场之后是晚上11点左右。

偌大的首都机场，作为一个路痴，不转向是不可能的。

满头大汗地找到了他们那架航班的出口，记得是零点五十到达，还好提前找到了，不然肯定会坏事。

抬头看了看大屏幕，顿时表情僵在了脸上，偌大的两个红字：延误。

记得他俩拎着背包皮箱兴高采烈地出站的时候是凌晨三点。而我满腔的热忱已然消耗殆尽。

三个人挤在一个房间里，睡不着也不想睡。这种感觉已经好久没有了。

和浩滨是在高三5月20号月考那天认识的，那天大家都没有校服，不让进学校，果然是同道中人，当机立断不考了。那天去德克士找老毛和黑毛，然后认识了这个小伙子。

之后的相处让我觉得，为了认识这个小伙子而没去考试是值得的。

那几天一直在下雨，淅淅沥沥，思来想去，大家一致决定，我们去偷鸡……过程和地点我就不提了，反正呢，鸡是偷到了。

当天下午就找了个废弃的平房支架子摆烧烤。

浩滨是个充满浪漫主义悲剧色彩的人，可能这样形容稍微有些偏差，主要是因为他不浪漫，其他差不多。

和他说话是很合拍的，我们偶尔会找一个天气晴朗空气清新的晚上，寻一个僻静的角落，摆着一盒苁蓉或者黄鹤楼或者黄山，从春秋说到魏晋，从霍去病说到铁木真，从三皇五帝说到抗美援朝。

月月是很久很久以前认识的了，有多久呢，12 年算不算久？

12 年啊，娃娃都会打酱油了，你也就不要再疑问在我身边到底孰轻孰重了吧。

大家都是同等地位，在我心里。

第二天忽然接到母亲大人电话，她说已经出发，正在去北京的路上。

我问："你来干吗？"

"好久不出远门了出来溜达溜达，不行怎么的？"

"行行行，到了告诉我，我给您老接风洗尘。"

放下手机我感叹道，母亲大人真豪杰也。

表姐对我说，姑这是想你想得不行了。

说实话，挺感动的。

美好的日子过得实在太快，九天，转瞬即逝。然后活生生地站着滚回了集宁。

上学的日子一点也不想提及，唯一值得一提的是母亲大人和父亲大人专程来集宁给我过 18 岁的生日。

于是，在一个山不青水不秀的小城市，我成年了。

∞ ∞ ∞ ∞ ∞ ∞ ∞

2012 年 12 月 22 日零点，在一片鼾声中度过。我想我那个时候应该睡得很安稳。

无聊的日子里会想太多无聊的事，我用了一个星期的时间研究永动机，未果；用了一个月的时间验证物质不灭，未果；用了半年的时间怀念一个人，未果。

∞ ∞ ∞ ∞ ∞ ∞ ∞

如果上学的日子像我回忆得这么快就好了。因为我现在该说说去年寒假。

月月和浩滨果然又迟到了，依然是航班延误，这次更过分，我活生生地等了六个小时。

见了一面就分开了，反正第二天在家就又见到了，没有丝毫的不舍。

家里真好，家里的冷空气都比西北风温柔。

寒假注定是个不能远行、不能进行户外活动的假期。反正，很快的，就过年了。

除夕夜零点，老毛、浩滨、王伟和我，四个人拎着一大包双响去街头放飞理想。

特别开心的一个晚上，当最后一枚双响上天的时候，我忽然意识到，杨征，周岁 18 了。

∞ ∞ ∞ ∞ ∞ ∞ ∞

2013 年 10 月 19 日 19 点。

近几年的生活都是在走和留之间被牵扯得面目全非。

活着活着，就感慨自己老了，可是其实我还年轻。

几十天的时光很珍贵，可我们却无聊地打着哈欠，因为我们不知道怎么去打发这段珍贵的时光。因为在现实里，我们什么目标都没有。

当大家迫不及待地离开高中来到大学，意图享受悠闲的生活时，却没意识到，这是麻醉，是慢性自杀。

可我们不愿意醒，因为现实总有我们需要逃避的东西，比如感情，比如离别……

∞ ∞ ∞ ∞ ∞ ∞ ∞

2 月 22 日，这个寒假的最后一次，大家在一起疯。

和往常一样，开心地见面，放心地喝醉，伤心地离别。

真是触手可及的离别，笑得再放肆也会戛然而止。

∞ ∞ ∞ ∞ ∞ ∞ ∞

兄弟“马赛克”

其实哪里都是一样的，

只要他们在，

就都是一样的。

2013年10月19号21点。

你愿意当一个懦夫，还是一个英雄？哪怕只有一分钟。

第一次见到雷哥的时候，是一起在网吧打魔兽争霸，第一次玩，什么都不会，他很有耐心地教我。当时我觉得他是个一身正气两袖清风的正人君子。

可是现实会告诉我们，第一印象一般永远都是错的。

雷哥是一个大方的人。

“雷哥！雷哥！”

“怎么了怎么了？”

“网银里有钱么帮我买个迅雷会员。”

三分钟之后。

“到位了，总共三毛五，凑个整，明天还我十块。”

“……”

雷哥是个一丝不苟的人。

“雷哥雷哥，给我交三十的话费，马上停机了。正好还我钱。”

“好的。”

一个小时之后……

“雷哥，你交了吗？”

“啊我忘了，这就交。”

又一个小时之后……

“雷哥，你交了吗？”

“交了啊，还没收到短信？我去看看。”

“那什么，征哥我对不起你，我交错号了。”

“征哥？征哥你别不理我啊征哥？”

“……”

其实，雷哥是个伟大的人，是个光辉的人，是个脱离了低级趣味的人。说他好色缺心眼儿，统统是污蔑。

∞ ∞ ∞ ∞ ∞ ∞ ∞

难过是一种经常被刻意回避的情绪，所幸，被这种情绪培养成一个爱笑的人。

黑毛走了，没去送他。其实不送就挺好，怕难过。

少不更事的时候就开始称兄道弟，初次见面的时候我六岁。

长期相处产生了必然的默契。

吵过架，动过手，翻过脸，还有过偶尔的冷战。

经历了这些后依然站在一起，我庆幸且荣幸。

夏满芒夏，秋处露秋，四季更迭。

我的兄弟，你还好吗？

∞ ∞ ∞ ∞ ∞ ∞ ∞

不知不觉就要带一点悲情色彩，本来我想把这篇写得轻松愉快，且充满阳光充满爱，可就事实总是不如人意。

好吧，就这样写下去吧，这样写可能有些沉闷了，那就换一种风格。

给我一点调整的时间。慢慢来，不要急。

∞ ∞ ∞ ∞ ∞ ∞ ∞

小续一章，黑毛外传。

黑毛的过去无人知晓，流传的只有一些道听途说的野史轶闻。

在每一个种族中都流传着一段古老的传说：在被称为永夜的那段时间，黑夜笼罩，大地被一群黑暗生物——像黑毛那样的黑暗生物所统治的传说。据说，在日出之日的黎明，所有的夜行生物都灭亡了，除了他。他是邪恶的化身，他十分凶残，他是所有黑暗恐惧的源头，他是梦魇，他是吓唬小孩子故事里面永恒的幽灵。而他认为自己的角色并不是那些传说中虚构的种种。他的确喜欢猎杀那些粗心大意的、毫无防备的、不顾他们朋友劝告而在阴暗路上行走的冒失鬼。

黑毛的存在，就是为了告诉世界，你们的噩梦都是真的。

∞ ∞ ∞ ∞ ∞ ∞ ∞

今年3月份，清明将至。当时我在呼市，去找雷哥和峰哥玩。

峰哥是一个风骚的人，谈吐之间总带着那么一点柔媚，举手投足间让人如沐春风，让人感受到倾国倾城的气息……咳咳，真恶心。

就是这样的一个奇男子，是雷哥的克星，也可以说他俩是“天生一对儿”。

那天我在峰哥宿舍，商量近几天我要偷偷回家的事。

“峰哥，帮我买一张后天回家的车票，我明天回集宁，后天直接就走了。”

峰哥摸着下巴皱着眉头沉思。

这时雷哥说:“可别回去了，回家之后咋说？”

听完这话，峰哥一个耳光抽过去:“征哥想家了，要回家，你不让他回，你是不活够了。”

雷哥捂着火辣辣的左脸，泪汪汪地看着峰哥。

“这样吧，我给你买今晚的车票，你今晚直接从呼市走，不用回集宁了，反正你也没打算请假。”

当时是什么心情呢，好像是被点化了一样大彻大悟。当天夜里就踏上了回家的火车。

∞ ∞ ∞ ∞ ∞ ∞ ∞

第二天，4 月 1 日，愚人节。

“黑毛，你给我滚到火车站接我去，老子请你吃涮锅。”

“妥嘞，等你。”

坑爹的 K274，晚点的恰到好处。

疲惫地下了车，黑毛一脸无奈地看着我。

“今天愚人节……”

∞ ∞ ∞ ∞ ∞ ∞ ∞

“臣本布衣，躬耕于集宁，苟全性命于乱世，不求闻达于诸侯。母后不以臣卑鄙，猥自枉屈，顾臣于西北，咨臣以臣之所愿，由是感激，遂许母后以驱驰。后值倾覆，受任之际，奉命于危难之间，尔来月余矣。”

“明天你给我回学校。”

“你还是不是我亲妈。”

我真希望自己的耳朵足够长，那样就可以低下头耷拉下耳朵，卖一个重量级的萌。

不过估计母亲大人不吃这套。

“在家待一个星期就给我滚蛋，你看狗都不愿意理你。”

我捧着宝贝儿（爱犬）的爪子，它用脑袋蹭蹭我，然后趴在我怀里。

“噢，好吧。我下周回去。”

∞ ∞ ∞ ∞ ∞ ∞ ∞

这时候我的生活里出现了一个人——涛哥。

幼儿园时候的小同学，初中时候打过架，曾经势不两立的那么一个人。

那几天家里没人陪我玩，涛哥就抽时间找我，带我打梦三国，其乐融融。

打梦三国的时候，涛哥喜欢玩后期。我曾经问过涛哥为什么喜欢玩后期，他说，你不觉得在他们感觉自己天下无敌的时候让他们绝望是件很过瘾的事吗?

好吧，据说每一个爱玩后期的男人的内心中，都藏着一个更为强势的自己。

涛哥是个很帅的小伙子，高中时候留长头发，乍一看像个姑娘。

涛哥内心脆弱，但生活精致，如十五岁的小姑娘。

涛哥喜欢冷场，总是在我们热烈的交谈中插一句话，然后万籁俱寂。

涛哥特别没有存在感，总是被我们无视。

∞ ∞ ∞ ∞ ∞ ∞ ∞

该死的一星期啊，怎么就过得那么快。

每当我收到天气提示的时候，总会习惯性地看一眼家里。

我就不适合在外面闯，不适合自己去打拼去创造。

偏安一隅，是我最大的梦想。让我尽快实现它，好吗？

4 月 8 日，离开的那天，我看着窗外，下面的白云渺渺，重重山峦。

这是所谓的千山万水吗？

∞ ∞ ∞ ∞ ∞ ∞ ∞

回学校，嗅着陌生的空气，看着陌生的人来人往。

大家最近都很少联系，有两种可能。

第一种，大家过得都很好，没有太多的不愉快需要倾诉。

第二种，习惯了当前生活，为了不让大家担心而不去提。

我情愿相信是第一种。

可是很遗憾，我知道是第二种。

∞ ∞ ∞ ∞ ∞ ∞ ∞

自说自话，朝秦暮楚，尔虞我诈。

宫阙万间都做了土，满腔热忱都喂了狗。

滨哥的日志里有这么一段话。

每一天都是最后一天，每一杯酒都是剧烈的毒药，每个人都是恶意的敌人，每件事都是杀人的长矛。

逼得自己变得不会思考。思考又有什么用呢，你永远都找不到一个换算的公式。人心，又哪里是公式能算得清的。

∞ ∞ ∞ ∞ ∞ ∞ ∞

2013年6月8日，高考结束。

那天晚上八点，我带着老毛赶到了家，庆祝涛哥和王伟高考结束。喝了一点点酒，带着微醺的酒意，我俩又到君临天下的楼顶吹风。

还真是有点冷，“我忽然有种错觉，我觉得这个时候大家都在，感觉咱们刚刚高考结束，感觉咱俩正在陪他们喝酒，喝不动了，出来避避难。”我这样对老毛说。

每次到这里的时候，我们的心情都会很沉重，继而说出一些平时说不出口的心里话。

都是好面子的人，轻易地把软弱的一面露出来，是会挨骂的。

天各一方的时间也就那么几年，最后都会聚在一起的。

珍重吧，暑假快到了。

∞ ∞ ∞ ∞ ∞ ∞ ∞

暑假，多么美好的一个词。

雷哥为了等我，一个人硬生生地浪费了五天假期。

为了表示同情，我叫他来我这里。

虽然雷哥每天怨声载道，但是收了我一盒天赐淡雅香，也就不再计较了。

总算是到了 7 月 9 号，还没考完试。我扔下一科英语，义无反顾地踏上了回家的旅程。

∞ ∞ ∞ ∞ ∞ ∞ ∞

我忽然找不到一种清晰的思路来回顾这个暑假。

翻遍了所有跟这个暑假有关的动态，反而越来越模糊。

陪伴我们整个暑假的是一棵大树，还记得当初是浩滨挑中了这块风水宝地。

这个暑假，也迎来了小强。

小强并不是蟑螂，他有可能是司夜刺客，有可能是阿努巴拉克，但不管他是魔兽争霸里面的大辅助还是巫妖王的好战士，小强的人生中都充满了负面新闻。

有时候我会想，小强在不久的将来或许会变成一个很出名的人。

∞ ∞ ∞ ∞ ∞ ∞ ∞

其实如果我换个性格，也许身边就不会有这样的一群人。

曾经，曾经的曾经，我有更多的朋友。

然后一点点长大了，就一点点失去他们。

其实我并不是怀念他们，我只是怀念曾经那个自己。

∞ ∞ ∞ ∞ ∞ ∞ ∞

暑假过了一半，陪老毛去北京，顺便陪涛哥去天津看学校。

涛哥是好孩子，是我们这些人里唯一一个考上二本的好孩子。还记得当初陪他报考的时候，他紧张地找学校，我悠闲地打游戏。

凌晨三点的火车，三个人在赤峰看了场电影，在外面吃了顿烧烤，然后上火车。

我硬座，老毛硬座，涛哥站票。

好开心，我陪涛哥站了半个晚上，第二天去餐车蹭座位。虽然根本没坐过自己的座儿，可我还是很开心。

辗转到了北京，陪老毛买了手机后回旅店睡觉，第二天到天津看了涛哥的学校，嘲笑了涛哥之后，收拾行装回家。嗯，为什么嘲笑涛哥呢，其实比我的学校要好很多。

这一段我尽量写得很简短，因为我实在不想回忆起那边能烤熟人的天气。

有一件事值得一提，涛哥说出门几天的伙食他包了。结果是他欠我和老毛一百三十六万四千三百二十一顿饭。

利滚利嘛，也不是我能阻止的。

∞ ∞ ∞ ∞ ∞ ∞ ∞

我想尽办法描写涛哥这个角色，使他变得鲜活灵动且平易近人，一是为他增加一点存在感，二是因为当时他快要过生日了。

记得涛哥过生日那天，安排吃饭。

“黑毛半天不说话，罚一个。”老毛说。

“老毛你咋那么能墨迹呢，罚一个。”我说。

“征哥不吃牛肉，罚一个。”滨哥说。

“滨哥骂人，罚一个。”雷哥说。

“雷哥又吹牛，罚俩。”峰哥说。

“峰哥又欺负雷哥，罚一个。”强哥说。

“强哥来晚了，罚仨。”涛哥说。

“涛哥过生日，赏一个。”黑毛说。

好吧，其实每次出去喝酒我们都是这么喝醉的。

那天合伙给涛哥买了蛋糕，几个人苦苦思索在上面写什么字。

“要不就写个涛字吧，低调奢华有内涵，还高端大气上档次。”

“嗯，你的意思是在那个寿旁边加个三点水？”我指着旁边的寿桃。

“写个涛声依旧吧。”

“好主意。”

好吧，就这样，一个带着对涛哥深深祝愿的蛋糕完成了。

“涛哥，你好好活着，别有啥别的指望了。”我说。

那天喝得有点头晕，我记得每个人都笑得很开心。

每个人都被紫色的奶油抹成了阿凡达。

服务员敲门说别弄脏了墙，我们看着挂满了奶油的墙开心地去擦。

“遇到你们才开始我最好的时光。”

那天我在备忘录里这样写道。

只有在家我才能这么放心地喝醉。

早早地睡下了，第二天要去照合影。

∞ ∞ ∞ ∞ ∞ ∞ ∞

小续一章，青梅煮酒。

随至树下，清风徐徐：地置火机，一盒芙蓉。二人对坐，开怀畅谈。烟至半酣，忽阴云漠漠，聚雨将至。从人遥指天外龙挂，吾与浩滨抱膝观之，吾曰：“君知龙之变化否？”

浩滨曰：“未知其详。”

吾曰：“龙能大能小，能升能隐；大则兴云吐雾，小则隐介藏形；升则飞腾于宇宙之间，隐则潜伏于波涛之内。方今春深，龙乘时变化，犹人得志而纵横四海。龙之为物，可比世之英雄。浩滨久历四方，必知当世英雄。请试指言之。”

浩滨曰：“吾肉眼安识英雄？”

吾曰：“休得过谦。”

浩滨曰：“吾叨恩庇，得仕于朝。天下英雄，实有未知。”

吾曰："既不识其面，亦闻其名。"

浩滨曰："西北张雷，素有大志，曾有豪言壮语传及四海：'为中华之崛起而读书。'张雷可谓英雄？"

吾笑曰："吾观之如黑毛，插标卖首之徒耳。"

浩滨曰："南方老毛，素来能征善战，静如风，徐如林，疾如火，不动如山，可为英雄？"

吾笑曰："老毛好谋无断，其一日之餐可比十万石军粮。非英雄也。"

浩滨曰："有一人名称伪娘，威镇九州：付涛可为英雄？"

吾曰："付涛虚名无实，非英雄也。"

浩滨曰："有一人，血气方刚，蔡晓丰乃英雄也？"

吾曰："贩乖卖萌，安能配英雄之名。"

浩滨曰："舍此之外，吾实不知。"

吾曰："夫英雄者，胸怀大志，腹有良谋，有包藏宇宙之机，吞吐天地之志者也。"

浩滨曰："谁能当之？"

吾曰："天下英雄，唯吾独尊。"

∞ ∞ ∞ ∞ ∞ ∞ ∞

关于合影，很久以前就一直在提这个。

浩滨说：我的手机里有你们每个人的照片，可是我们都少了张合影。

这个计划在高考之后的暑假有了雏形，可是因为某些原因一直没有去照。

这次总算是能完成这个一直被耽搁的计划。

好吧，拿到照片之后我们惊呆了：黑毛和老毛有这么白？！

现在我正捧着照片看每个人的表情，再过几年也许就该穿正装照相了吧。不知还有没有照合影的机会。

我愤愤地把三寸的那一张放到钱包里，大小刚刚好，可是小强的位置有些尴尬。

兄弟合影

现在我正捧着照片看每个人的表情，
再过几年也许就该穿正装照相了吧。
不知还有没有照合影的机会。

∞ ∞ ∞ ∞ ∞ ∞ ∞

轻轻地，雷哥走了，正如他轻轻地来。

雷哥挽着我的手:“郎君，我不想走，我不要离开你。”

起了个大早，准确地说根本没睡。

凌晨四点，洗漱完毕，打电话给涛哥、小强、峰哥、滨哥。

今天雷哥要走了。

夏末了，凌晨的天气还是有点冷。

骑着涛哥那辆老古董电动车慢悠悠地到了汽车站。看着雷哥满面愁容，我忽然很想叹气。

大学？你存在的意义是……

陪雷哥抽完了最后一根烟，目送雷哥走进了车站。

“来，抱一个。”

然后紧紧拥抱在一起。

又不是回不来了，我才不难受。

∞ ∞ ∞ ∞ ∞ ∞ ∞

接下来的假期也没剩下几天，可是涛哥破天荒地想要玩魔兽世界。

事儿是好事，可是毕竟时间不是那么充裕。

好吧，三个老玩家带着一个新手。

由于主角光环和老玩家光环的加成，我升级总是比他们稍微快一点。

这个暑假的尾声，我把涛哥带上了魔兽世界这条不归路。

∞ ∞ ∞ ∞ ∞ ∞ ∞

已经逐渐追上了生活进度。

大家都在不同的地方或者相同的地方浑浑噩噩地生活。

老毛依然在找真爱。

峰哥依然每天贩乖卖萌，时不时失个眠，偶尔欺负雷哥。

雷哥依然为了梦想而奋起读书。

滨哥依然不声不响地生活，其实他过得并不好。

黑毛由井盖杀手变成了二道贩子。

强哥依然在幸福恋爱。

涛哥……嗯，涛哥呢？

十月七日合影，兄弟七人。

∞ ∞ ∞ ∞ ∞ ∞ ∞

现在是 2013 年 11 月 5 日。

我们，依旧。

有时候我也会想，如果真的将让我在高中和大学之间选择，我会怎么选。

其实哪里都是一样的，只要他们在，就都是一样的。

就这样，再会，亲们。

Book

与卿书

再不相爱就老了

∞ ∞ ∞ ∞ ∞ ∞ ∞

2011 年 7 月 8 日 21:08

距离那个时刻，六小时二十七分钟。

捡起了戒了很久的烟。可笑，原来人真的是不能改变。

卿，我不知道这意味着什么，但这个世界已经不好玩了。

我想我还有很多话想对你说。诚然，两人相守很难，可是做朋友，相互关心，有一种质朴的依恋，是好的。

我不知道你的离去是否毅然决然。

我丧失的已然太多了，我彻底失去了那个时期，无影无踪，留下这些没人看的话语。

若是你不愿，那你也不要看好了。

卿，我是不介意的，我不介意你走多远多远。

这，也许能证明我是真的足够爱你吧。又或许，是没有足够爱你吧。

这个世界已经剥夺了我爱的能力，自你之后。

都说内心黑暗的人才真正懂得什么是光明。

好吧，姑且离开吧。

我在这里已经不知道要做什么了，彻底无所适从，彻底失语，彻底孤独。

这不是抱怨，我保证。

我怎么会怪你呢，人各有命，好自为之。我从来没有想过怪你一句。想起你，都是些很好很好的回忆。此外，我有点伤心，那只是对别离的一个习惯罢了。

可我不会忘了你吧。我说过，我不会离开你，直到我向世界谢幕。可，却是你离开我了。

我从来不知道原因。你也不肯告诉我。是不是我不够体贴？是不是我不够浪漫？还是我不能给你安全感？

一切都没有用了。卿，我会尊重你的决定，无论是爱，还是不爱。“蓝颜”这个词既然你说了，在我心中便是千钧之重。

总之你走了，渐渐你的形象模糊了。

对不起我要了你的一年时间，给了你这个羁绊。

允许我最后任性一次，好吗？

卿，其实我并不留恋往事，在漫长的余生，毕竟我们还都只是刚刚开始。

我看到了那些处处戒备的人，甚至我看到你的戒备。每个人都变成了刺猬，不再愿意信任对方。

那，究竟是我疯了，还是这世界疯了呢？

有时候我觉得我变了，变得彻底，变得彻头彻尾。

我并不是有意把话说到这么决然，你不同别人，我不可能去恨。毕竟，这世界还有太多值得留恋。

卿，我还是会等你，就这样。

∞ ∞ ∞ ∞ ∞ ∞ ∞

2011 年 7 月 9 日 18:23

卿，我不知道诸如此类的日志还要写多久。

我只是觉得，感情需要释放的时候，就来写写。

我只是感谢上天还没有亏待我，至少给我留下了这属于我的回忆。

卿，天气很奇怪呢，一半是阴，一半是晴。

我想起一句话：忘川之上，桑梓之下，一半是光，一半是影。

还想起了那首诗：

幽人竹素园，归卧寂无喧……物情今已见，从此欲无言。

我不知道我究竟怀揣着如何的情愫。可是，你知道吗？却有两处茫茫皆不见的挫败之感。

大抵，是我在某一处，爱上了某个如芙蓉花仙般的人吧。

世界已无对错，健康却最重要。我会认真地在夜里入睡，有时在梦里太疲惫了，我就会醒来，而天还没亮。

孤独是一个常态，我为什么还是不愿意承受呢?

卿，你知道吗，其实我是渴望光明的。就像我说过，真正黑暗的人才懂得什么是光明。

可阳光容不下我呢。

卿，你们都说我不懂得什么是爱，其实我懂。

可十七岁这个最美的时代，再不相爱就老了。

每年的七月，于我而言，都是一次蜕变。

蜕得鲜血淋漓，变得面目全非。

卿，迄今为止，我失去的究竟有多少呢?

变化太快，稍纵即逝的感觉。

我吓坏了，我说，不要，不要。

卿，我不要变成另一个人。

爱是小概率事件，但若是爱上谁，便是命中注定，千古一时。或许我这么想，真的带着一点点的傻气。

我不要再变了，我希望可以保持这个状态，等你回来。

∞ ∞ ∞ ∞ ∞ ∞ ∞

2011 年 7 月 10 日 18:06

卿，马上开学了呢。

卿，我会遵循我的原则，依照我的情绪，觉得该写写，那就写写。

只是，卿，我还有好多话想说呢。

无论你如何，我还是会等你的。

不管你是不是爱我，我都等着你的。

若是你猜疑，那么我陪着你猜疑。

若是你喜欢，那么我依着你喜欢。

若是你不好，那么我也同样不好。

你让我如何，那我就如何。

卿，总之，我会听你的。

可你不能质疑我的等，我的执念。

我哪里会那么轻易放弃呢，我才不是那么浅薄的男人。

而我也不是那么急于求成的男人。

之于所谓感情，我想我是相信的，同时也是相信自己的。

卿，无论你是斥责或是喟叹，我都会当成鼓励来听。

总之，我与众不同，而你一定要相信我与众不同。

卿，答应你的我会做到。

我费力得来的信任我不会去浪费掉。

你只要快乐就好。

你知道你和我一起开心，就够了。

卿，忽然对一小时之后的开学畏惧了。

我在怕什么，我究竟在畏惧什么。

我不知道，但我想你知道。

你知道的，对吗？

真是的，我瞎想什么呢。

卿，那天我仔细看了你的眼睛，发现是很漂亮的眼睛呢。

它闪着光，夺目绚烂，如此温暖。

我竟然呆住了，想在印象里找到与谁的相似。

却发现是亘古而来的第一次，开天辟地的头一遭。

而要说的话，要想的事情，散落在空气中，无迹可寻，没了声息。

卿，你那句话，我想我只有感动。

十八岁是多美的年龄呢，你竟是把它交给我了。

你放心，连陌生人我都不愿亏欠，更何况你。

我想要你的一个信任，只想要你的一个信任。

而也同样谢谢你的信任。

卿，不知道何故，我觉得你给的信任，竟是出自于同情。

放心我不会在意，不管我是以什么样的情绪发出的疑问，我会尽力就是。

卿，其实我一直想问。

你对我，真的没感情吗？

其实我总觉得不是。

哪怕毫厘，我觉得也是有的。

回答我，好吗？

∞ ∞ ∞ ∞ ∞ ∞ ∞

2011 年 7 月 12 日 20:31

卿，你怎么了？

你知道，我一直在努力去改变。

说了要改变，那么先从戒烟开始。

先从你不愿意我做的开始。

只是，卿，你知道吗？

笑到肆无忌惮，恣肆如斯，很累。

我问看着我慢慢长大的每一个人：我，有没有改变呢？

他们说，没有，我弟弟怎么会变呢，这不是向往着童话一样的生活吗？

卿，我笑了。都说是童话了，仅仅是童话了。

多残忍，被拉到现实，狠狠地一击，如当头棒喝。

我承认，我真的很脆弱。

我多羡慕那些人，他们有多幸福多阳光，

而我，多想沾上一点他们的光芒。

听他们的笑话，听他们如何面对这个世界。

卿，我一直记得那天，你对我说，你送我回家吧。

我相信，那时我们都很欣慰。

风轻云淡，惊鸿一瞥。

而我爱你。

青春的足迹

∞ ∞ ∞ ∞ ∞ ∞ ∞

2011 年 7 月 15 日 14:28

卿，有时候我会想，我是不是疯了。

这段时间的噩梦，超过了一年的总和。

却不敢醒来，怕现实的可怕还要超过梦境。

我的夜里比白天还要疲惫。

只是我对自己说，你可以什么都不做。

但至少让自己快乐些。

卿，这是你希望的，对吧。

其实，我是爱这个世界的。

这世界何尝不是美得惊心动魄，美到肝肠寸断。

卿若是能简单些，更在意我一些。

先天的阴暗，也许我能遏制。

若是真的洗尽铅华。

大抵，你会以我为荣，也说不定。

我想起那天，我坐在窗口，阳光很好。

我只是知道，有一天，我不需要恳求任何人，依然可以活得好好的。

若是自己没有这样的自信，那就无颜提及自己的任何改变。

更无颜去做任何保证，下任何承诺，许任何誓言。

卿，可不可以，给我些光呢？

虽然我不知道那是什么。

我还在尘世里麻木地挣扎着，

这么跌跌撞撞踉踉跄跄地摸索，

这样支支吾吾期期艾艾地言语。

幻想总是没有价值的。

我知道我肯定没有到达极限。

只是我找不到方向了。

彻底迷失，彻底无所适从。

卿，我到底能不能避开这宿命呢？

你要我一生为自己所累，改变并不是为了他人。

只是，在我的梦里，在我的思想里，也包括我的现实里。

所有的改变，不还是为了你吗？

这么毫无芥蒂地去爱一个人。

心甘情愿。

卿，这改变，你看得到吗？

高三的帷幕，带着几许猩红色。

愿你安好。

诚然，两人相守很难，可是做朋友，相互关心，有一种质朴的依恋，是好的。

∞ ∞ ∞ ∞ ∞ ∞ ∞

2011 年 7 月 16 日 23:14

卿，好大的改变，你看到了吗？
只是有些时候，想起曾经。
左心房倏地一疼，右心室蓦地一紧。
当然，这不重要。

这么笑着，我会习惯的，对吗？
卿，你会欣慰的，对吗？
我不想让任何人失望。
被信任的感觉，多好呢。

有时候发现自己真是迟钝。
有时候，会想起那个曾经可爱无比的窗台。
如果还是这个七月，那会是个美丽温馨的地方吧。
洒满了光，只是那时我不喜欢。
暖气里还放着一根烟。
记得是曾经留在那里的，不知道谁会捡到呢？
还有自己用口香糖糖纸叠的无数的船。

卿，有时候睡不着，思绪缓慢地绽开。
记得那天躺在床上，四个小时。
我想了什么，已经记不得。
想起来写东西，却什么也写不出来。
于是躺在床的左侧，面向右侧。
缓慢地深呼吸，带着一声叹息。
你不在我这里已经七天了。
卿，好好照顾自己，听到没有？
那天我看到你，额前的头发都没有打理好。
这段时间总是打雷。
每一道闪电，心头都是一紧。
你会怕的吗？
也许是我多心了。

总之呢，我开始改变了哦。
你看得到吧，对吗？
我猜呢，我不会让你失望。
也不会让自己失望。
我对自己的话很负责任。

卿，我希望呢，

有一天，我不畏惧这个世界寒冷的时候，

不畏惧这世界冷漠和乖戾的时候。

能温暖你的时候。

你，会回来。

∞ ∞ ∞ ∞ ∞ ∞ ∞

2011 年 7 月 22 日 19:59

卿，这是给你的第七篇。

也是我对一个时期告一段落的喟叹。

之后，这喃喃自语便不会再这么频繁。

一个时代的终结，恍如隔世。

何人云端起舞，绕我曲肠百折。

卿，这思念，你看到了吗？

三途水，忘川河。

渡得过的，是湍急奇险的河。

渡不过的，是生生世世的思念。

卿，有时我会茫然。

我到底有没有些许的改变呢?
其实，同从前的自己说再见，
是一种不可理喻的诀别，
是一种与挚友反目的无情。

卿，让我向曾经那个杨征道个别，
让我最后再用那个时期的文字作为最后的诀别。
可以吗?
我觉得你会应允。
你从来都不是个残忍的人。
至少在我眼里，从来不是。

世界在我面前轻轻打开又轻轻合上。
我开始踯躅，
我开始犹豫，
我开始踌躇，
卿，我到底要不要走出自己的世界?
我只是害怕那些伤心欲绝的光。
这个世界，好些了吗?
究竟是歌舞升平的盛世，还是兵荒马乱的王朝?
我从来不曾知晓。

一无所知，亦一无所有。

我抹杀不掉照向我的那道微弱的光，
那我投身其中便是，
宛如飞蛾扑火般的毅然决然。
卿，这条路已然不能回头，
我也从来没有想过要回头。
若是，仍在自己的世界中醉生梦死。
那终有一天会感到孤独。

孤注一掷。
我也会凭着自己的一股执念走下去。
我不去想这条路上受伤倒下的人们，
那，不过是众生的软弱。
并不是世界的过错。

不要死，也不要孤独的活。
这是我曾经对你说过的话。
如今，用之于己，
恰到好处，一针见血。

好了，到了与曾经的自己道别的时刻。

再见，杨征。

醉笑陪君三万场，

不诉离伤。

之后我动身离开，

离开自己曾经存在过的世界。

一生终了，不再回来。

不会有挽留，

不会有眷恋，

不会有不舍。

∞ ∞ ∞ ∞ ∞ ∞ ∞

2011 年 8 月 6 日 00:46

卿，这个七夕可真是让人无奈。

也许这是我一生终了也不会忘记的一个七月。

烙下的深深遗憾教会我如何珍惜，

在失去之前，死死地抓住，哪怕以歇斯底里的方式。

或许这才是遗憾本身存在的意义。

我本以为我在慢慢释怀，

以为我的自我欺骗足以瞒天过海。
可这一刻我却再也欺骗不了我自己。
思念竟是这么疼痛，
像被淹没一样的巨大哀伤，
面无表情地抬头，面无表情地叹息。
不可否认，卿，
我们总有一天会目送别人离去，
我们也会在别人的注视下离去。
只能向世界伸出卑微的双手，
只能向世间深深地低头。
只能祈祷执子之手的人相伴看到尽头的风景。
不然，人生实在太荒芜。

卿，那天的梦我不知道意味着什么。
我梦见，黄泉，比良坂。
亡者的眼，竟宛如一盏盏长明灯，
照亮最后的归途。
卿，人的罪孽，当真如此深重吗?
我不知道，我只是看到，
笼罩着磷火的灵魂一次次灰飞烟灭，又一次次重生，
如此般的反复，伴随着刺耳的痛苦哀号。

是永世地狱的诅咒。

光线透过我的身体，空空的，什么也看不到。

这气息，是绝望吗？

这个世间，真正的绝望不曾存在。

卿，好好活着，不要猜疑，不要憎恨。

这片大地上的我们都是在努力地生活，

这人间到死也看不腻，

而且我是多想与你一起看尽头的风景。

我，问心无悔。

如意不如意，问心又问心。

无悔终无悔，情深动情深。

那么，请原谅我不会再流泪的眼以及这生生世世的思念。

愿言配德兮，携手相将，

不得于飞兮，使我沦亡。

是不是我会等成一棵树，以一棵树的姿态来想念你？

长长的等待，淡淡的欢心，浅浅的失落。

卿，这你能明白吗？

卿，我这样的人呐，

爱一个人很慢，不爱一个人也很慢。

这淡淡的绵长而不甘的气息破土而出。

又细微，又坚定。

这心态如何衍生而出，我并不知晓。

可这情绪，一夜成型，巨细无遗。

∞ ∞ ∞ ∞ ∞ ∞ ∞

2011 年 8 月 18 日 22;46

卿，秋天了。

是不是这个季节的世间万物都带着些许的凄凉？

那我呢？无处话凄凉。

那你呢？从此欲无言。

我想，我们的忧郁和痛苦都是空穴来风。

我始终怀疑那些孤独仅仅来自于一些病理学的症候，

与这个喧嚣的时代没有真正关系。

卿，知道吗？

我从没有如此清醒过，

正如有些事情从没有真正美好过。

我想我知道我该如何选择。

我舍不得丢下这一切。

我用我自己感化这一切。

也感化我自己，也原谅我自己。

我不确定我是否做得到，

也许，我做得到吧。

有时候比伤感更可怕的，是对时间的畏惧。

卿，如果还是那时，

如果是一个下雨的街头，

如果我能回头看着你。

也许我会张开双臂，告诉你实情。

我感到孤独，并且为这些孤独，感到羞耻。

我想我不必说明什么，

只是我还在爱你，这就够了。

这就是证据，

也许是虚无缥缈的证据，

也许是一厢情愿的证据。

卿，我没有办法告诉你，我依然是崭新的，

仿佛我没有经历过疯狂的、伤心的、荒唐的往事，仿佛我没有经历过任何痛苦。
没错，我无法编织这样一个谎言。

也许你告诉我的很简单的道理，
需要我亲力躬为，
也许要花很长很长时间，穷尽一生，也只能明白一点点。
漠然相应，逝若尘灰，一夕承欢，始乱终弃。
我做不到，我真的做不到。
感情的无依，世事的虚妄。
我只是个乖戾又自我的人。
我打动不了任何人。

也许我会自己，凭借我的想象，过好多年。
幻想好多看不清的事物，
以无法对焦的双眼关注并猜测这世间的一切。
我知道，没有爱，也没有不爱。
是没有这个因缘。

我的确是不忍离开，不忍割舍。
是不是那些爱不得体、不合理、不应该？
我笃定在多年之后，它依然会如无声的潮水把我包围。

我知道我自己没有办法抵抗。

或者说，从头至尾就放弃了抵抗的念头。

我不曾有过怨喋。

即使你在我身边，只有一瞬。

我有我的选择，我自己的生存方式以及我的自尊。

∞ ∞ ∞ ∞ ∞ ∞ ∞

2011 年 8 月 27 日 18:13

卿，天凉了。

姑且不提心是如何如何的凉，

总之是没有变化，波澜不惊。

记得加衣服，别冻到。

八月竟然也要过去了，

是什么时候溜走的，

没有一丝的察觉。

甚至思绪，还是停留在那个七月，

我不想忘记任何。

我忘不了陪我度过一些美好的或者难过的时光的人。

这些人，当然也包括你。

是宿命也罢，是羁绊也罢。

你看，卿，我还记得这么多，

我还什么都没有忘记。

多么荒芜的岁月，

那些放纵，那些克制，

那些自我牺牲，那些焦灼，

那些等待，那些期盼，

那些低头能看见的温柔，

那些无处安放不值一提的温存，

以及竭力维系的尊严。

向死而生，何等寂寞。

卿，如果能永远笑下去，何必去遗忘呢?

我并不是记录者，我只是想把那些温暖的、细微的、感动的、安宁的回忆，

用自己的文字留住。

哪怕只是多留一小会儿。

卿，真是刹那间的明悟。

我觉得自己透明了，整个世界也透明了。
仿佛我看到了所有树叶的脉络，
看见了生命在那些脉络中流动，
流向天地间的每一个角落。

原来，这世界是这么美。
也许只需要记得那些美好的纯粹的事物。
也许每个人的心里都有一片天堂，
卿，也许你不会懂，
我心里已经不再是空的。
一曲荡鸣只博伊笑，
我自始至终都是这么想的。
昙花一现，却也最为美丽。

卿，有时睡不着，我甚至会听见你的声音。
你的叹息，你的笑，
你的过往，你的隐忍。
所有的声音都是关于你的。
细微的声音，是如何如何的想念。
直到最后，窗帘透出了些亮光。

卿，漫长漫长的余生。

剩下的一点点所谓的“自己”。

能固执地守候多久呢？

也许，生生世世。

不信也罢，

至少，

我是相信的。

∞ ∞ ∞ ∞ ∞ ∞ ∞

2011 年 9 月 3 日 22:45

抬头看看天空，没有月亮。

于是没有失落感，没有挫败感。

我很安静，我很沉默。

我不打扰任何人，我不计较任何事。

卿，对不起，我又一次没有遵守承诺。

我像个孤魂野鬼，到处飘荡。

我不敢说我需要关怀、需要感情。

我只会说，请带我到最简单的快乐里去，

回家途中的落日

于我而言，

渡得过的，是湍急奇险的河；

渡不过的，是生生世世的思念。

我承受不起生命的重荷。
真遗憾，
我从没有这么疯狂地爱过谁。
卿，我梦见过你，我在梦里哭过。

谁给我一个明确的答案，我错了吗？
那么，我错到哪里了呢？
我承认，我是毫无遮拦的，
不知道如何躲避，也不愿索要，
这不是我的能力所在，
我的能力在于静静等待。
我挣扎过，用力挣扎过，
可总应该有人给我些温暖。
我怕冷。

相信吗，我热爱过这世界，
已经无人能证明我满腔的热忱。
大雨天沉沉水幕中的街灯，多么熟悉。
那是再熟悉不过的痛苦，
一直没有能力愈合。

卿，我不忍离开。
我想要听到你的真实感受。
我不需要你同情我，这是我的尊严。
回忆，是美好的，
我提到这些并不是希望你记得，
只是想说，离别那天，
有谁知道我的悲伤。

我想知道什么是真的慈悲，
没有爱，也许会有慈悲。
这大概是一种宽容，
对所有随心的不随心的，
由衷的宽容。

是不是我的思念都是没有意义的？
它并不能缓解痛苦，
只是借助思念释放身上多余的能量。
我开始计算生命本身时，却把所有的时间都失去了，
这样反而坦然了，
因为剩下的日子，
无非是等待衰老和死亡。

这些话的频率没有改变，

和我们的心跳一致。

卿，你对我的影响还是很大。

可并不是什么坏的影响，

毕竟你不愿让我走与你相同的路。

这些话说完，证明我已经发泄掉了所有的情绪。

不会有类似的事情发生了。

一年之期，似乎还有很短，似乎还有很长。

用余生享受那些透明洁净的快乐。

∞ ∞ ∞ ∞ ∞ ∞ ∞

2011 年 9 月 12 日 20:52

该醒的梦，终究是会醒的。

卿，我们会不会是在放弃的过程里虚度一生？

如果是，可真悲哀。

没有人收留这些感情，只有我一个人看护着它。

我不明白是为什么，为什么要这个样子？

自己曾经最爱的人，这些爱不曾减少半分，总是这样。
不要离开我，永远。
无论回答是什么，我都没有勇气去听。

卿，我想我是没有自我的人，
而你是我的镜子，却不只是镜子。
我想知道我究竟是什么样子，
如果，镜子不在了，
我想我也不会存在了。

卿，会有人憎恨我吗？
我的方式过于极端，
可我不知道怎么办才好。
你理解吗？
一个人不爱另一个人，
好比一颗星星，经过几亿光年，依然到达不了另一颗星。
无数次，我不想面对事实，
可是我平心静气地对自己说，
我没有错，我没有爱错人。

想收拾房间了，

把夏天的衣服收起，冬天衣服放在另一个柜子。
接下来是深秋了。
坐下来，喝一杯白开水。
听到什么哗啦一声，走过去看了半晌，
一个很平常的本子，
上面迥然写的是，
再不相爱就老了。

夜里尤其慌乱。
尤其是，小步跑过那些小巷，
没有意义的空洞的回声。
不那么愤怒，不那么悲伤。
卿，我用全身力气去生活。
心脏经常跳得厉害，情绪往往不可控制，
找不到出口，
是缺乏生活经验的缘故吗？
我们过去已经把自己的生活盘剥得差不多了。

卿，想要保护的东西，是一生的牵绊。
那是自己的选择，是最好的时代给予的最好的礼物。
同时也是寄予了深深的希望。

我想保护的，对我伤害也好，对我抛弃也好，
无论如何，我都选择再次背负，毫不犹豫。

我们都在亲手结束自己的青春，
像手执利刃换取热血的人。
我不能忍受的是粗制滥造。
我们不能改变别人，我们只能自己努力，
选择最信任的朋友，一起努力。
这个噩梦，无论如何都要在下一年的七月前结束。
我憎恨那些把美妙事物变成噩梦的人。
这也是因为自己无能，无力去把握什么。
但我不会犯同样的错误。

∞ ∞ ∞ ∞ ∞ ∞ ∞

2011 年 10 月 15 日 12:53

卿，这是第十三篇。
我喜欢这个数字。

今天，是你的生日，

礼物还算喜欢吗?

我觉得我被人误会了。

我恨外人那种完全不了解事情还要强加自己态度的作为。

我从来都没有忘记今天是你的生日。

我承认，是我想多了，

我完全不能够直面内心巨大的空洞。

大家还以为我是很偏执的人，

我只是善于隐藏秘密罢了。

隐藏秘密的人，是为了不伤害人，

可是隐藏秘密的人，会遭遇到误解。

卿，不是我不珍重，不知道不心疼自己。

我只是为了快些回归，回归到我的宁静。

生物钟紊乱，总是十点睡着，一点又醒了。

晚上睡得很浅，早上醒得很累。

四点钟的月亮，可真美。

落叶的季节，是谁把从前掀起了。

多想多想追寻你的身影。

我还记得你说，

总有一天，我会有一个爱得一发不可收拾的人。

可，这个人明明就是你呢。
你说很久以前，我们就不再是无话不谈了，
真的，如此了吗?
苦海无边，回头是岸，
可是，我没有岸。
若你死，我何苦生?

我热爱一切浮华与艳情。
死亡迟迟不到，青春却这样萧条。
你如此俭朴，我如此凡俗。
你是我的梦，你是我最爱的人儿。

我的能力已经退化了，
我的文字不再有条理，
怪异的话语层出不穷。
没关系，其实这些不重要，已经语焉不详。
但是，在这个世上有些事情可以不做，有些事情一定要做。

伤口总有一天会愈合。
我也总有一天能平静。
一个很久没有提的话题，改变。

我会努力，一定。

有美一人兮，见之不忘。一日不见兮，思之如狂。
凤飞翱翔兮，四海求凰。无奈佳人兮，不在东墙。
将琴代语兮，聊写衷肠。何日见许兮，慰我彷徨。
愿言配德兮，携手相将。不得于飞兮，使我沦亡。

——《凤求凰》

∞ ∞ ∞ ∞ ∞ ∞ ∞

2011 年 11 月 6 日 00:54

卿，很晚了，睡吧。

生日，也代表我又一次走向了衰老。
青春在 2012 年 11 月 13 日就会过期，
还记得吗？

现在的状态，真奇怪。
独守空房，表情肃穆。
披衣而起，四顾无人。

卿，所谓的生日，我似乎没有应该存在的欣喜感。
只是因为我知道我内心有无穷的欲望，
可是这一切都会过去。
我始终向往美好的事物，在堕落的时候奋力跃起，
我们每一次都是快乐又乐观地等着内心痊愈，

有时候，想成为阳光的拥趸，
这样就可以不被人嫌弃。
就不会那么阴暗，就不会那么痛苦。
可是，卿，不可能。
我知道，我的痛苦没有办法理直气壮，
我看不起自己的生活，
更看不起自己精神上的萎缩。

宝贝儿（爱犬）要走了，我舍不得它。
偶尔，我就看见它，默默地看着我。
卿，它也会想我的，对吗？
写到这里，越发舍不得它离开了。

卿，我果然是很孤单的。

我从来没有这么确切地明白自己的孤单。

我身边空无一人，而所有人都不是我投靠的方向。

这些阴骘，不是我需要的。

接下来的路，希望按照我安排的走下去。

∞ ∞ ∞ ∞ ∞ ∞ ∞

2011年11月22日 12:51

卿，有没有，爱上这场雪呢？

我爱任何一场雪，可我又不希望它们落下。

因为不忍它们任人踩踏，

那还不如不下的好，

我心疼它们。

我的占有欲竟然如此强烈。

竟然如此自私，如此薄情寡义。

卿，我竟然是这样的人。

我终究无法理解别人口中的所谓的我的良善，

甚至觉得是一种懦弱。
无非是渴望被救赎，
对这世界抱有臣服的一种态度，
我却始终不能理解。
我想过学会残忍，
学会对与自己无关事物的不同情，
我却终究做不到。
只得做一个懒惰的人，
让一切无关于己，
或许这才是最为适合我的方式。
卿，这样的方式，叫作消耗。

我不想为这场雪留下任何印记。
我怕长生天不再收留它们的灵魂。
每走一步都是负罪感，都觉得自己玷污了它们。
我想要一场体面的告别，
因为只有永生之人才不会注重仪式，
可是我是一个注重仪式的人。

一个冬天，是不是一个人的青春挽歌？
我不知道。

就算我曾经有过那样的敏锐，
到现在也全然丧失了感受的能力。
我并不害怕痛苦，
我只害怕我要面对的麻木、平庸和衰老的未来。

我从来都相信公道、人心、正义，相信爱。
因为如果我们不相信点什么，无法面对内心的荒芜和孤寂。
总是在试探着这世界的温度，
怀着的必然是一种惶恐和失落的表情。
亲爱的，你其实知道我的软弱？
知道我无法眷顾自身？
我无能为力，终日如此。

Essays

随记

沉沦在自己的信仰中，多大的讽刺。

而我的信仰在多年之后的月光中生生不息。

良禽则木而栖，我想你该有一棵参天大树。

∞ ∞ ∞ ∞ ∞ ∞ ∞

你那话语有多么尖锐，一语中的。请容忍我这疯癫与放纵的自言自语，这是我唯一的请求。

我也只是有些伤心，请你一定不要太介意。

∞ ∞ ∞ ∞ ∞ ∞ ∞

生命其实毫无意义。我所能做的只是苟且活着，不要想望那些光辉的东西，它们不存在。我要学会不那么幻想，脚踏实地，忍受平庸，学会放松和宽恕。

我不会流下眼泪，我会好起来。

∞ ∞ ∞ ∞ ∞ ∞ ∞

我已经聪明地看到了结局，我向这个世界伸出了手，想被拉一把。明知道求助错了人，可是却不知道如何是好。看着自己走向那样的境地，我是无力自救，还是放任自流？

∞ ∞ ∞ ∞ ∞ ∞ ∞

你知道我在意你。我害怕分离，不习惯于告别。我渴望相守，耐得住寂寞，只是为了更美好的将来。我渴望温暖和美好的事物，可我却是活在阴影里的一株植物，无法说话，疲惫地活着。

∞ ∞ ∞ ∞ ∞ ∞ ∞

如果前世依旧是今生的重复，你是否还会这样不在乎？

可今生今世，如何不相忘？

君可独行。

∞ ∞ ∞ ∞ ∞ ∞ ∞

夜里做的梦，很吓人，我醒不来。

我对自己说，你可以什么都不做，但你一定要快乐些。

我不能怪你，是我自己的错。

我一定要好好活着。

∞ ∞ ∞ ∞ ∞ ∞ ∞

这么多年来，我没有生活目标，我也没有爱过生活，总之，我是一个什么也不曾真的热爱的人。我没有勇气面对生活，面对自己的内心和外面的世界。

我什么也不想做，我只是活着。

∞ ∞ ∞ ∞ ∞ ∞ ∞

我对自己说，你记得我，我就满足了。但那是谎言，那是我安慰你的借口，可是你不知道我欲壑难填。

∞ ∞ ∞ ∞ ∞ ∞ ∞

我们既非生者，也非亡者，
我们游离于生命和死亡之间，
我们将被活着的人和死去的人遗忘。
我们回到了曾经告别的世界上，
但是却永远无法回到我们曾经活着的日子里，
永远无法回到我们曾经爱过的人身边，
我们是存在，也是诅咒。

∞ ∞ ∞ ∞ ∞ ∞ ∞

因为你，我才支离破碎，

因为你，我才完整，

因为你，我同时感到欢乐和痛苦。

∞ ∞ ∞ ∞ ∞ ∞ ∞

留更多的黑暗给自己。

做同样的事情，我毫无进步。我有我的心结，打不开，也跨不过。我的一生都是缓慢前行，我们剩下的时间该如何度过？

∞ ∞ ∞ ∞ ∞ ∞ ∞

一个人的孤独和恐惧是否可以通过爱来治疗？我不知道，我自己也没这样的经验，我只是这么想，一个人怎么样才能恢复信心和热爱？也许很难吧。

∞ ∞ ∞ ∞ ∞ ∞ ∞

如果你欺骗了整个世界，却独独没有欺骗我，那我也许还会有些感动。

但如果你没有欺骗整个世界，还不如索性欺骗了我吧。

∞ ∞ ∞ ∞ ∞ ∞ ∞

我就在你身边，你伤害我是易如反掌的，只要你愿意。我不会反抗的，那些压力我都承担了。你要清楚，我对你说过的，无论是什么，我都会坦然接受。

∞ ∞ ∞ ∞ ∞ ∞ ∞

我既然在这里选择了这样的生活，说明我是懂事的人。你试着坦诚些，看着我的眼睛，你过去所忍受的龌龊，在这里没有，这里是透明的，是清白的。我们都是无辜的，不能够让无辜的人伤害无辜，不能够有人心的不公正，我们没有伎俩。

∞ ∞ ∞ ∞ ∞ ∞ ∞

那一瞬间，我恍然理解了你。

理解了一瞬间的自私和愚蠢。那一种需要破坏平衡才能达到的满足和沾沾自喜，也都只是自卑的表现而已。

那一刻，我几乎是哀求你，不要破坏这一切。

∞ ∞ ∞ ∞ ∞ ∞ ∞

你是我过去生命很重要的虚构的一部分。

我既然已经回来了，就一定会安静等你来。

∞ ∞ ∞ ∞ ∞ ∞ ∞

终于知道了什么叫往事成空。

这样错过了一生最好的时光。

就这样错过，我就这样放弃过。

已经很长很长时间，没有彼此音讯。

∞ ∞ ∞ ∞ ∞ ∞ ∞

我这个人，几乎没有过燃烧的可能。我们在消耗中度过，在冰冷现实的夹缝中度过。

∞ ∞ ∞ ∞ ∞ ∞ ∞

我不能一直这么下去。那是很可怕的消耗，我已经感觉到岁月的可怕。而我的徒劳和疲惫，空虚和焦虑，使我必须停下来，找回我自己。

∞ ∞ ∞ ∞ ∞ ∞ ∞

很克制，不轻易地诉说，不轻易地悲伤。但是悲伤也就是悲伤，孤独就是孤独，是一辈子无法痊愈的事情。向往纯真的生活，一切都变得美好了，声音也放软了。为的是一直等，等你回来，就欢喜地告诉你，你回来了，我一直都在想着你。

∞ ∞ ∞ ∞ ∞ ∞ ∞

劫难，我没有这么觉得。
你从来都不是一场劫难。
是恩赐对吧。
我感谢能让我遇到你。
第一次心存感激，
请接受我的敬意吧。

∞ ∞ ∞ ∞ ∞ ∞ ∞

多么想做个好人。

很多事情我做不好，可是我依然那么努力。我希望有一天，我不需要恳求任何人，都可以活得好好的。

如果我自己没有这样的骄傲，我也无颜言语自己所谓的执念。

∞ ∞ ∞ ∞ ∞ ∞ ∞

一个人总是在试探这个世界的温度，怀着的必然是一种惶恐和失落的表情。

∞ ∞ ∞ ∞ ∞ ∞ ∞

现在只是过去的重复，而且我们在不停地衰败。我努力加入了这个社会的转轮中，试图获得更多的认同。但其实不会，他们都太忙了，他们顾不上看你一眼，就更别提体恤了。

∞ ∞ ∞ ∞ ∞ ∞ ∞

我们究竟对生活理解多少？

我们是否有我们自己想象的那样宽容？

为了一种简练和透明的情感，我绝不向世间妥协。

∞ ∞ ∞ ∞ ∞ ∞ ∞

我似乎明白了一些事情。

也许这一年真的过去了。

也许你没有要回来的意思。

∞ ∞ ∞ ∞ ∞ ∞ ∞

这便是终日绝望的状态。我不知道哪里会有希望，在哪里会得到救赎，这也许终究只是我想像之中的乌托邦，是人类无法企及的遥远，尤其是我这个样子的人。

∞ ∞ ∞ ∞ ∞ ∞ ∞

这最遥远的黑暗深处，连时光都无法企及。是我从根本上理应祛除的根源，而这执念却太过庞大，而我孤立无援，以至于束手无策。

∞ ∞ ∞ ∞ ∞ ∞ ∞

我担心我会一败涂地，我担心这样的惨败，我输不起，没有胆量孤注一掷，也从侧面证明了我的怯懦，我不知道我在害怕什么，一直不够明晰。

∞ ∞ ∞ ∞ ∞ ∞ ∞

想陪你看每一场雪景，
去看盛夏的烟火。
你的笑声却消失在风里，
我的世界只剩下寒冷。

∞ ∞ ∞ ∞ ∞ ∞ ∞

你说，我希望我可以一直有这种力量，把你从某一个地方带出来，我知道我天生就是一个麻烦，我脾气不好，反复无常，我这种人一辈子遇见一个就够了，不过我会坚强给你力量，这样我就知足。

∞ ∞ ∞ ∞ ∞ ∞ ∞

只是失去了过去。上不得天，入不得地。

漫长漫长的余生，剩下一点所谓的自己，能固执地守候多久呢？

我们的忧郁和痛苦往往显得太过空穴来风，而我也往往容易语焉不详。

∞ ∞ ∞ ∞ ∞ ∞ ∞

我渐渐无法面对的是痛苦。我的痛苦只是我的痛苦，也许是自私造成的，也许是太自我造成的，也许是某种自我封闭造成的。我有时觉得自己走不出去，一定是哪出了问题了。我心里好像有什么坍塌了，没有了，空了，粉碎了，飘散得无影无踪了。我好像想学会重新生活似的。

∞ ∞ ∞ ∞ ∞ ∞ ∞

我只是希望你幸福快乐，用我黑色爱情血液，换你应得的壮丽。你一定要得到你应得的所有，就算我不能陪伴、不能眷顾。

书

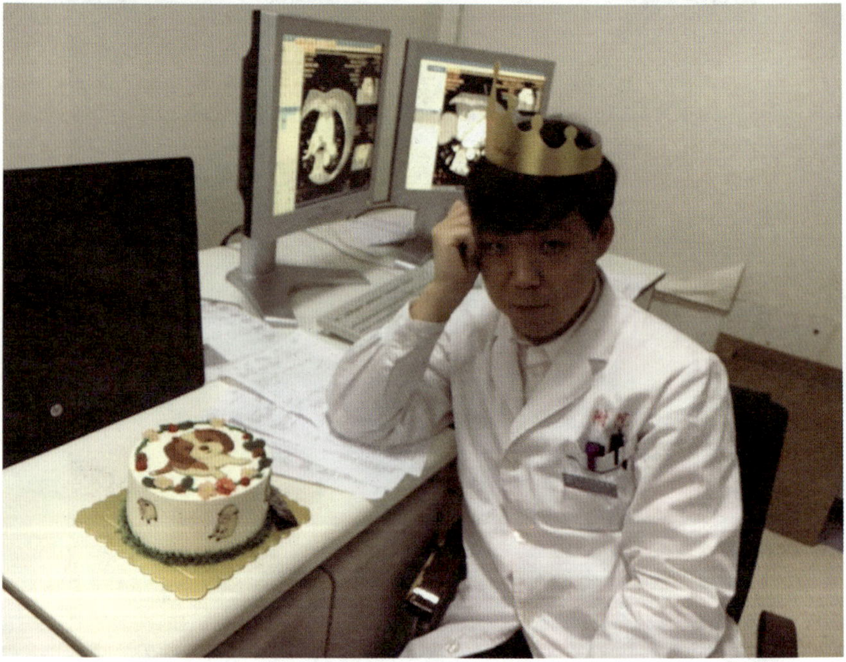

THE BEST THING TO HOLD ONTO IN LIFE IS EACH OTHER

后记　最美的时光留下的最美的文字

妈妈

每个人一生中总有几个刻骨铭心的日子，某年、某月或某日。2017 年 8 月 25 日，是我这一生刻骨铭心的日子，这年这月这天，我失去了上天赐给我的最好的礼物。这件礼物陪伴我走过近二十三年，这二十三年里他给我带来太多快乐、满足、自豪。二十三年前，他在大家毫无准备的情况下来到我身边，当时纠结复杂的心情依旧历历在目。他的到来把我和一个人、一个家牢牢地捆在一起，经历了风风雨雨、艰辛坎坷，不曾分开。也许是他完成了他的使命，二十三年后的这一天，他又悄悄地走了，没有留下一句话，就像当初他来的时候，让人猝不及防，在不想让他来的时候他来了，在不想让他走的时候他又走了，留下的是最美的年华呈现出的最可爱的样子！

那一天凌晨两点多钟，我和丈夫被手机铃声惊醒，电话是单位同事打来的，他告诉我们，孩子在他工作的那个城市病了，让我们马上下楼，有车在楼下接我们，一起去孩子工作的城市。怀着忐忑的心情来到那个城市，见到的却是蜷缩着的，像睡着了的孩子。孩子出车祸了，就在那一瞬间永远离开了我们，离开了爱他的人们和他爱的这个世界，这突如其来的噩耗，谁能接受呢？在那个夜寒露重的秋夜，我就像做了一场噩梦。我向每个好心来到身边安慰我的人哭诉着我对孩子的不舍，哭诉孩子和我的深厚感情、孩子的乖巧懂事和我对孩子的愧疚！我的天塌了，生活一片黑暗。

以后的每一天，我心如刀绞、度日如年、以泪洗面，失去了活下去的勇气！亲朋好友们日夜陪伴着我们，我的几个亲密的同学甚至排好了班，时刻守候在我们身边，怕我一时想不开会做出极端的事来。而内敛不善于表达的我想拼命抓住点什么，好让自己心里多少有点慰藉！于是强打精神、忍着悲伤整理孩子留下的东西，找孩子的同学收集关于孩子的点点滴滴，哪怕一件事、一句话，一片有孩子字迹的卡片，孩子用过的毛巾、茶杯，甚至在他兜里装着的一支笔、一盒口香糖，还有怀着初为人母的欣喜为孩子写下日记的笔记本，但凡与他有关的东西都让我觉得如获至宝！

翻开那本薄薄的笔记本，孩子儿时的样子浮现在眼前，往事历历在目：

第一篇

今天是星期三，晚上我问征征：今天都干什么了？他说：我今天认字来，有公平、牛、春天、喜欢、赵……征征说了很多，我都记不下来了。我到外面洗脸，一会儿，他拿着日记本过来说：妈妈，你写这个“学”字错了，少了两点，我给你添上了。我一看，哈哈，原来他把“我今天认字来”的“字”添了两点，改成“学”了，真有意思。

第二篇

今天，征征从幼儿园回来，和邻居家小孩双双玩，他想把姐姐送给他的电子琴给双双。他说：妈妈，把那个电子琴给双双吧，她没有。我说：那是姐姐送你的东西，你不能随便送人呢！他可真大方，居然要把近千元的东西都送人了。

第三篇

昨天，征征非要买彩笔，原来给他买的彩笔都让他不是弄丢就是弄坏了。我想让他知道这些都是花钱买来的，要珍惜，所以没有答应给他买。但是他爸爸还是给他买了，征征说留着上学前班用，让我给他锁起来。

今天，我休班，征征没上幼儿园，上午和姥姥洗澡，中午睡了一大觉。下午我洗衣服，他醒了以后自己搬来小桌子，光着小屁股画了两幅画，用的是新画笔，还告诉我别告诉他爸爸。总之这一天，他表现不错，特别乖。今天特别热，像下火一样，要是多休几天班就好了，跟征征在家玩。没办法，唉！

第四篇

昨天，我下午休班，中午下班我想：这么热的天，幼儿园那么多孩子，征征一定不好受，就去把他接了回来。他特别高兴。下午睡醒觉，我做家务，他在一边玩，还帮我拖地。晚上睡觉，他问这问那，问我什么是失踪，我给他讲了。他还问：妈妈你心疼我吗？我说：心疼啊。他说：你让我吃菜那就是心疼我？我说：是啊。他说：我也心疼你，你凶我我也心疼你，因为你是我妈妈，那是为我好，是吧？我说：是，真是乖孩子。

第五篇

今天看电视，征征挺投入的，看完《春光灿烂猪八戒》，又看了一会儿“八一文艺晚会”。过了一会儿，他问我毛主席在哪？我告诉他，毛主席去世了。他又问现在的国王是谁？我告诉了他。又过一会儿，他问我：妈妈，去北京吗？我说：等你考上大学，咱们就去北京。他说：哼，我不去北京，北京有国王。我说：有国王怎么了？他说：国王管我。真有意思。

第六篇

征征今天看《三毛流浪记》，里面有这样一个故事：三毛在垃圾堆里捡到一个被遗弃的小孩，取名小济公。三毛和小济公希望能挣几个钱买饭吃，结果一个女老板娘却将水泼在三毛及在他背上的小济公身上，三毛流下伤心的眼泪。看完以后，征征说：看他们多可怜，可怜得我都要哭了，说着就流下泪来。我说：看看那些孩子都没有吃的，又没有玩具，你有这么多玩具又有好吃的，你要好好学习。征征说：我考上大学就能挣钱了。我问他：如果你有钱，给他们吗？他点点头，但又说：我没法给他们，因为他们在电视上。

第七篇

这几天和丈夫怄气，因为他总是喝酒很晚回家。征征看我不高兴，特别乖。晚上我下班回家，征征和我说：妈妈，爸爸改了。我问：什么改了？他说：爸爸不再喝酒了，改了。我说：不信他的鬼话。征征说：真的。晚饭的时候，征征说：妈妈，一会玩游戏机吗？我说：玩吧，我和你一起玩。征征说：爸爸咱们三个玩。我知道，征征是在心里想让我们两个和好。我说：征征，你小时候这么懂事，长大了也要懂事。他马上反应过来说：我长大不喝酒。还问我：妈妈，我长大了不能做什么？我说：等妈妈慢慢教你吧！

第八篇

今天中午，我和征征到姥姥家吃饭。吃饭时他要脱毛衣，脱下一只袖子，发现袖子有一处坏了。其实这个坏了的地方几天前我就发现了，他有一件新毛衣，我想过年给他穿。他说：妈妈，你看我这里坏了，像穷人。

第九篇

过年了，这几天二哥回来了，还是那么喜欢征征，叫他小年糕。我很高兴，征征黏在二舅的身边，还说自己：我是小年糕。

第十篇

征征给姐姐打电话，姥姥接的，说姐姐挨凶了，因为看电视不好好写作业。征征和姥姥说：我可不和姐姐一样，我自己写作业不用别人管，我唰唰一会儿就写完了。还说：舅妈都病了，姐姐还惹舅妈生气呢！这小家伙，今年过年这些天在姥姥家说了不少懂事的话，看来没让人白疼。

第十一篇

今天，征征上一年级了，我把他送到一年级三班，找一个认识的孩子和他坐在一桌。他还是哭了，拉着我的衣服不让我走，一直到别的孩子的家长都走光了还不让我走，让我和老师说说，别给他换桌。看着他可怜巴巴的样子，我心都碎了！

看着这一篇篇日记，泪水擦干又流下来，心如刀绞！

孩子走了，我仿佛来到人间地狱，每日以泪洗面，悲痛欲绝，失去了活下去的信念。尽管亲朋好友日夜陪伴，可到了晚上不敢睡觉，只要头挨到枕头上，脑子里都是孩子的影子，那种揪心的痛没有人能体会到。清晨不愿意醒来，害怕醒来要面对现实。孩子在的时候，每天中午和晚上下班，至少和我通两次电话，嘘寒问暖。他很敬业，每天都不能按时下班，我经常是一边做着饭，一边和他简单聊几句。晚上打电话问我是否一个人在家，爸爸是不是又有应酬。怕我一个人在家孤独，嘱咐我找朋友散散心、说说话。孩子走了，再也没有人像他那样关心惦记我了！十年前，母亲的离开让我用了四五年的时间从悲伤的情绪中走出来，今天又失去了唯一的孩子，世上最亲的两个人，生我的人、我生的人都离我而去，留下我一个人在这个世界上备受煎熬。想他们！

拿着孩子留下的手机，一遍一遍地看着我和他的聊天记录。出事的前两天，我还在叮嘱他要注意身体，不能因为减肥少吃东西而把身体弄垮了，要多锻炼，有个好的身体。我跟他说，妈妈就你这么一个大宝贝儿子，年龄大了以后再也不能生了。他说知道了，给我发了一个笑脸。没想到两天后就阴阳相隔了！孩子再也不能给我打电话了。我想他，想和他说说话，于是之后的每一天，我都会给他发微信，以给他写信的形式在笔记本上写几篇日记。发微信渐渐成了习惯和寄托，每天早晨起来发一条，说说一早的心情、天气、睡得好不好、做没做梦、是否梦到他；中午发一条，和他说说这一上午都做了什么；晚上回家再发一条，说说下午的事，遇见什么人、怎么打发时间。尽管日复一日唠叨都是像流水账一样的文字，至少让我觉得他还在听，还陪在我身边，只是我看不到而已！有时心窄了，就用各种方法解劝自己。有时想，孩子和我在一起的二十三年里，作为母亲我尽职尽责陪伴在他左右一刻不离，教他做人做事的道理。与那些常年在外漂泊打工为生计奔波的人比，我和孩子在一起的时间也许就是他们一生陪伴孩子的时间吧！

有时想，我不能做生活的弱者，不能轻易被击垮，我在这个世界上活一天，这个世界就多一个记得和想念孩子的人。有我在，才会有更多人想起他，他们会说：那是杨征的妈妈。有我在，每年才会有人记得去看看他。既然他不能延续我的生命，就让我延续他的生命吧！

在大多数人眼里，我是坚强的。孩子走的一周后，我整理好自己的心情，打起精神上班了。亲朋好友各有自己的事做，不能因为我给别人增加太重的负担，不能成为别人的累赘。上了班，同事对我的关心照顾和体贴让我从心里感激，大部分的工作他们都替我分担，让我感到温暖。而我的状态就像做错了什么事一样，我不愿意见人，怕别人知道我就是那个失去孩子的妈妈，怕人在背后议论。我也说不出那是一种怎样的复杂心情！这种心情持续了半年多才渐渐好转。

这期间，孩子的同学和同事对我倍加关心。孩子为人正直善良热心，乐于助人又朴实低调，所以人缘极好。亲友们都称赞。他的同事给我发微信说：他永远都是我们的好弟弟、乖弟弟，他身上的气质折射出良好的家庭教养。征征不骄不躁，一看就是好家庭教育出来的孩子。深知你的不容易，你所期予的希望。阿姨，你养的儿子真的非常优秀，非常给你争气。阿姨，他永远都是你炫耀的资本，你教育出来的孩子永远都是最棒的，你要对自己有信心，你是大树，征征是树枝，树枝独立了，你要继续培育新的树枝，相信自己能过好每一天，不要跟命运低头……

孩子生日的时候，他的同学给他发微信说：低沉了一整天，你跟大学舍友同一天的生日，和去年一样，我没有办法开心地祝她生日快乐，因为同一天过生日的你不在了。周围的人都叫我开心点，我也告诉自己心态一定要好，不能再这样下去，我想你在的话会鼓励我的吧。你一直都是我最好的征哥，这一年零三个月的时间就像一场梦，你不知道这一年里失去了最好的朋友后我是怎么熬过来的。开心难过时想说什么、想分享的时候，总是找不到合适的人，谁也代替不了你，你真是太好了，好到老天爷迫不及待把你收上去……哎，还是要祝你生日快乐，就像你说的，你永远年轻，而我在想你的时候却是永远热泪盈眶。

看着孩子的这些朋友、同事对他的思念和不舍，作为他的母亲，我既感激又欣慰。逢年过节，孩子的同学朋友惦记我们，要来探望我们，被我们一一谢绝了！我怕见到他们，在他们面前情绪失控，怕见到他们以后更想我的孩子！

10月，孩子离开一个多月了，好多人劝我们出去散散心，于是二哥一家人带我们一起去了南方的一个城市。可是不论走到哪儿，我心里装的都是孩子，看见什么新鲜东西或好的景致，都会想孩子是否也见过。拍出的照片表情呆滞，一脸茫然。人在外地，心还是在家里，觉得孩子在家里等着我回来。在外面见到新鲜特别的东西，偷偷掏出手机按开屏保，那上面是我和孩子的照片。对着照片，我心里也会默默地说：儿子，妈妈带你出来逛逛，你看看吧，看看这个世界有好多我们没见过的东西，你能看得到吗？从南方回来，大哥一家人在机场接我们。我们在机场分开，我和丈夫回到我们生活的地方。分开的时候，我看着哥哥两家人的背影泪流满面。坐到车里时痛哭流涕，心里空落落的，仿佛自己像被遗弃的孤儿，不知该何去何从。

回到我们生活的县城，稍作调整，我和丈夫走上了求子之路。我们夫妇都已经是奔五十的人了，仅凭着亲戚朋友说的一些高龄得子的个例便燃起了一丝希望。三个月奔波下来，我居然怀孕了。亲朋好友都为我们松了一口气，觉得终于有了希望。二胎政策放开以后，我已经四十五岁，曾经犹豫不决，想再生一个孩子。年轻的时候，一直有想生个女儿的愿望，因为种种原因没能实现，现在政策放开了，有机会了。我曾经开玩笑地问儿子：妈妈再给你生个小妹妹怎么样？他说：你要是喜欢倒是可以，但是我担心你的身体，我的一个同事四十多岁怀孕得了孕高症了，我担心你的身体垮了！儿子这话，让我从心里觉得欣慰：他长大了，考虑事情周全了，知道心疼妈妈了。

新生命的到来格外令人珍惜。然而上天就像和我们开了一个玩笑，两个月后，胎停了。我们又承受了一次失望的打击。沉浸在悲伤之中，身边的人也为我们感到惋惜！怎么办啊！人世间为什么这么苦！家人安慰我，朋友劝我想开些，调整好心态，调养好身体，不要放弃。哥嫂们听到消息，赶回来陪伴我度过一段艰难的日子。至今，每到自己感觉筋疲力尽、消沉沮丧的时候，就会想起大嫂鼓励我的话：杨征是个优秀的孩子，无论走到哪里你都要展展扬扬地活着，因为你是杨征的妈妈。

一次失败，身体就要恢复好长时间，何况年龄是最大的障碍。但是无论怎样，只要有一丝希望，我也要坚持！为了调整心态让自己充实起来，不至于沉浸在悲伤中，我学习弹电子琴、写毛笔字、学画画，情绪低落的时候编几句打油诗发到朋友圈。凡是自己喜欢的和曾经只是想想的事都一一去尝试，为的是不让自己闲下来难过。每当情绪低落发朋友圈的时候，都会有很多亲朋好友关注点赞祈福。也许发朋友圈就是因为内心太痛苦、感到太孤独吧！看见这么多人的关心，我心里多少能得到一点安慰。

桃花开的时候，人们的心情变得靓丽起来。有人拍照片发到朋友圈，赞美早春的桃花。我却暗自神伤，抒发着和别人截然不同的心情：一夜春风桃花开，哪管世间喜与哀，任你掩面悲泣泣，无人邀请春自来。

四月清明，哥哥怕我们在家苦闷，邀请我们去他家做客。清明前的晚上，朋友开车把我们送到北京哥哥家。那一夜，一路雪下得很大，这样的天气、这样的日子，平添了更多的忧愁。有感而发，我写了一首打油诗发到朋友圈：清明前夜纷飞雪，雪打枝头格外寒。花不怒放争相落，为祭去年美少年。本来花开刚刚好，万物皆因难胜天。生我之人早已去，我生之人难复还。苟且偷生在世间，只待上天来传唤。他日至亲再聚首，三生三世不离散。

一年多的时间里，每逢假期，我们都不敢在家里待着，闲下来更想孩子。假期短的时候，我和丈夫为了打发时间，开车转遍了周边的村村镇镇；假期长的时候，家人陪我们去更远的地方散散心。又一个深秋，哥嫂陪我们夫妻俩来到广东省潮汕地区。看着滔滔江水和牌坊街里悠闲自得的人们，我的心里有多少惆怅和无奈无人诉说！不免一声叹息：十月秋风劲，天冷瑟瑟凉。时令节气至，落叶枯草黄。解忧驱寒意，辗转至韩江。广济桥上行，牌坊街头望。潮汕千百年，几人能流芳！人过如蝼蚁，何必论短长。

可求子的路是坎坷的。为了调养身体，恢复正常指标，我们一年多往返北京无数次，披星戴月，日夜兼程。奔波的劳顿和沉重打击下沮丧的心情，不利于受孕，再加上已是超高龄，希望更加渺茫，医生几乎都已经没有信心。我也听了很多的建议，但对我来说，那些建议没有任何意义，我只想有一个自己的孩子，能延续我生命的孩子。

希望是渺茫的，我不知以后等待我的是什么结果，但是路还很长，还得一步一步走下去。一年多的无果奔波，对我的打击和压力有增无减。支撑我的是，我想为离去的孩子做点什么。花一样的年纪，最好的时光，无声无息就这么走了，我不甘心！不是说每个生命都有存在的价值和意义吗？我整理了他留下的物品，寻遍了能留下他痕迹的地方，在他的贴吧和空间里找到了很多他写下的文字。我将这些文字结集成册，让人们看到。看过他写的文字后，好多人夸赞他的才气，我也为之自豪。他的同龄人说，以前看过他写的类似小说的东西，特别有才气，可惜后来被他删除了。

这本书是一个青葱少年真挚情感的印记，是他最美的时光留下的最美的文字……这里面有一个个百听不厌的故事，而我想要把这故事讲下去……

图书在版编目（CIP）数据

最美的时光留下的最美的文字 / 杨征著 . — 北京：中国书店，2020.7（2020.9 重印）
ISBN 978 - 7 - 5149 - 2445 - 9

Ⅰ . ①最… Ⅱ . ①杨… Ⅲ . ①散文集 – 中国 – 当代②诗集 – 中国 – 当代 Ⅳ . ① I217.2

中国版本图书馆 CIP 数据核字（2020）第 168164 号

最美的时光留下的最美的文字
杨 征 著

责任编辑 晓 书
出版发行 中 国 书 店
地 址 北京市西城区琉璃厂东街 115 号
邮 编 100050
印 刷 中国电影出版社印刷厂
制 版 北京大观世纪文化传媒有限公司
开 本 880mm × 1230mm 1/32
印 张 10
字 数 177 千字
版 次 2020 年 7 月第 1 版
印 次 2020 年 9 月第 2 次印刷
书 号 ISBN 978-7-5149-2445-9
定 价 74.00 元